花嵐的血族

夜光花
繪圖 奈良千春

CONTENTS

花嵐的血族

1 接班人

——奧斯卡．拉瑟福第一次見到風魔法的地點，是在祖母的宅子裡。

奧斯卡的祖母——愛蜜莉．拉瑟福，是一名身材高眺、肌肉發達的女性。她是個不輸給男人的女中豪傑，個性強勢，不只對父親與朋友直言不諱，就連上司都敢頂撞。講好聽點是受人敬畏的女性，講難聽點就是遭到疏遠的傲慢女人。

祖母有個年長一歲的姊姊，她跟祖母相反，是一名柔弱的女性。臉上總是掛著溫柔的微笑，無法拒絕別人的請求，而且明明是姊姊，卻老是躲在妹妹的背後，興趣是賞花與刺繡，總之一切都跟祖母完全相反。從小周遭就常拿姊姊跟祖母比較，據說她們的父母也老是把這句話掛在嘴邊：「以一個女人來說，是姊姊比較幸福。當初妳要是生為男兒就好了。」

祖母那位柔弱的姊姊很早就結婚生子，後來卻因為產後恢復不佳而去世，得年二十一歲。反觀祖母生了五個孩子，今年六十八歲的她身體依然硬朗。什麼身為女人的幸福，這種東西拿去餵狗就好——這是祖母一貫的主張。
這樣的祖母亦是一位風魔法師。
在杜蘭德王國，孩子一出生就要立刻檢查有無魔法迴路。他們會讓嬰兒握住魔法石，看看精靈是否會聚集過來。
身為拉瑟福家直系子弟的奧斯卡，出生後第三天就接受這項檢查，並且成功將風之精靈吸引過來。在五大世家血統者當中，擁有魔法迴路的人並不罕見，但奧斯卡的姊姊無法使用風魔法，因此這件事讓他的父母格外開心。
由於能夠駕馭風魔法，從小奧斯卡就常受邀到祖母家玩。祖母是拉瑟福家族的族長，亦是數一數二的風魔法高手。因此父親告訴他，要學魔法就找祖母學。
「奧斯卡，看仔細了。這是我們家族傳承的風魔法喔。」
五歲那年，祖母將奧斯卡帶到自家庭院，對他這麼說。原本平靜無風的庭院，忽然颳起了一陣風。杜蘭德王國雖然嚴禁國民私自使用魔法，卻特別准許五大世家的人在自宅內施展魔法。族長會教導兒孫以及有血緣關係的族人，如何施展其家族所駕馭的魔法。
當時祖母拿著法杖，對著天空畫出某種符號，隨後花瓣便乘風而至，宛如活物一般跳起舞來。花瓣在空中自在地飛舞飄動，時而轉圈，時而排成一列。

「好厲害！」

奧斯卡看得雙眼閃閃發亮，突然間有東西撞上他的後背。原來是風壓害他的身體往前撲。就在他以為自己要跌倒了的瞬間，整個人驀地浮上了半空中，彷彿坐在肉眼看不見的飛天魔毯上。

「怎麼樣，很厲害對不對？」祖母得意地說。

轉動手中的法杖，她運用風魔法，讓奧斯卡時而在空中旋轉，時而被花瓣圍繞。

「奶奶！妳好厲害！好厲害喔！」奧斯卡興奮大叫，揮舞著小手。

他剛被送上高處，立刻就旋轉落下。沒有比這更好玩的遊戲了，奧斯卡樂不可支地拍著小手。不久祖母便將法杖轉了一圈，讓奧斯卡輕輕降落在草坪上。

「怎麼樣？風魔法很厲害的，你也想試試看對不對？」

祖母面露得意的笑容問道，奧斯卡大聲回答：「我想試試看！」

「奶奶一揮動法杖，就有好多小人飛起來喔！」奧斯卡抱住祖母這麼說，祖母一臉訝異地摸著他的頭。

「這樣啊。看樣子你擁有看得見精靈的『眼睛』呢。能夠使用魔法，又看得見精靈的人可是鳳毛麟角。太好了，你能成為我的接班人呢。」祖母滿意地說，親吻奧斯卡的臉頰。

「奧斯卡，奶奶接下來說的話很重要，你要仔細聽。」

她跪下來與奧斯卡平視，露出認真的表情。

「想將這股力量發揮到極致，祕訣就是與風之精靈同心合意。聽好了，從今以後你可以不做討厭的事，只做喜歡的事就好。只要隨風而行，活得隨心所欲，你的風魔法就能施展得比任何人都要厲害。不過，做任何事都必須出於愛。沒有愛的行為會玷汙你的靈魂，所以不可以做喔。」

祖母這般諄諄囑咐。由於內容太過深奧，年幼的奧斯卡聽不太懂，但是「可以不做討厭的事」這句話深深烙印在奧斯卡心中。祖母可是族長，又是家族顧問，她說的話準沒錯。自己要活得自由自在、無拘無束。

從那天起，祖母就成了奧斯卡的風魔法老師。嚴厲歸嚴厲，不過祖母跟他很合得來，即使學一整天的風魔法，奧斯卡也不覺得苦。

「奧斯卡，你對我的朋友下手了吧！」

奧斯卡正在露臺喝著管家泡的香草茶，度過優雅的午後時光。這時姊姊米蘭妲氣沖沖地來到奧斯卡面前，朝著正在品茶的他怒吼。奧斯卡闔上看到一半的書，露出和氣的微笑。米蘭妲有雙鳳眼，容貌看起來略顯凶悍，年紀比奧斯卡大上兩歲，今天穿著很適合初夏的紅花洋裝。

「嗨，姊姊。妳是指茱麗安塔嗎？我們還沒上過床啦，只有約會和接吻而已。我先聲明，是對方主動搭訕我的。」

見奧斯卡不以為意地回嘴，米蘭妲漲紅了臉，搶走擱在桌上的書。她拿知名詩人的精裝書拍打奧斯卡，打得他揉著頭喊痛。

「既然知道那是我的朋友，就別輕易答應她的邀約啦！反正你們很快就分手了！之後我會很尷尬耶！」米蘭妲氣得七竅生煙。

奧斯卡不僅是五大世家的貴族少爺，而且長相俊俏，身材頎長，學業也很優秀，還是一名風魔法師，因此異性緣非常好。初夜發生在十四歲那年，啟蒙他的是一位年長的美麗大姊姊。從此以後，奧斯卡的風流緋聞便不絕於耳。

「米蘭妲小姐，要不要來杯香草茶呢？喝了之後應該能讓情緒平靜下來。」

管家這般詢問氣得握拳的米蘭妲。大概是聽了沉穩嗓音的建議，讓她稍微恢復冷靜，米蘭妲重重地坐在奧斯卡的對面。雖然是五大世家的貴族千金，米蘭妲卻不怎麼端莊文靜，一生氣就立刻毆打奧斯卡，這或許就是姊姊的特權吧。儘管奧斯卡的力氣早就比姊姊還大，但他不想傷害親愛的姊姊，所以總是不躲也不閃，乖乖給她打。

「對不起喔，姊姊。我並不是出於玩樂心態才跟她交往的。茱麗安塔很可愛。」

米蘭妲將管家泡的茶喝光，奧斯卡笑咪咪地對著她解釋道。

「說歸說，你還不是每次都馬上分手嗎！既然知道你之前的情史，我哪能把重要的朋友交給你！我也這樣勸過茱麗安塔，但不知為何這種時候，女人總是自信滿滿地以為『如果是我一定能交往長久』……」

米蘭妲簡直一個頭兩個大。

「我也不是以分手為前提跟她們交往呀。剛開始交往時，我都覺得一定能跟這個人順利走下去。但是交往一段時間後，對方就變了。」

奧斯卡朝著中庭裡的園丁揮手。中庭裡的白玫瑰正是盛開的時候。玫瑰容易長蟲，園丁一天得照料好幾次才行。米蘭妲見狀扯著奧斯卡的耳朵，要求他講話時要看著她。

「到底是為什麼呢……只要跟我在一起，精靈就會消失不見……」奧斯卡一副惋惜的口氣喃喃自語。

一遇到覺得可愛的對象，奧斯卡就會毫不猶豫地搭訕對方。無論對方是貴族千金還是平民女子、是男人還是熟女，他全都不介意。不過，這些人都符合一項條件。那就是：身邊必定伴隨著精靈。因為他覺得身邊圍繞著精靈的人全都很可愛，看起來也很耀眼。然而一旦開始跟奧斯卡交往後，對方身上的精靈過一陣子就會消失不見。於是，奧斯卡的熱情也就隨之消退，對這個人失去興趣。

茱麗安塔的身邊也伴隨著精靈。所以儘管知道她是姊姊的朋友，奧斯卡依然受到吸引。

「這是因為跟你在一起，情緒就會變得亂七八糟啦。精靈不是只會跟隨心靈純淨的人嗎？跟你交往後，她們不是嫉妒別人或是遭人嫉妒，再不然就是擔心自己是否被你所愛，一顆心變得不再單純了呀。我弟弟的道德觀念究竟是怎麼回事啊？跟你交往後精靈依然存在的人，若不是非常遲鈍，那就只剩笨蛋啦。」

聽完米蘭妲的辛辣指摘後，奧斯卡捶了一下手掌。

「原來是我的錯呀？之前交往最久的對象，的確是個頭腦有點笨的人呢。因為話不投機，最後還是分手了。」

見奧斯卡點頭贊同自己的意見，米蘭妲的鬢邊暴起了青筋。

「啊啊，真想把這杯熱茶潑在這小子身上……」

米蘭妲氣到肩膀顫抖，管家見狀低聲勸解：「小姐，請您忍一忍。」

「不過奶奶的身邊一直都有精靈陪伴耶？要是遇見那樣的人，我想把她娶回家。」

想起祖母的風魔法，奧斯卡不禁莞爾。身兼風魔法老師的祖母，身邊總是伴隨著精靈。所以只要待在她身邊，心情就會很放鬆，讓他捨不得離開。

對了，週末就去祖母家玩吧。茱麗安塔也可以一起帶去。

「你還真是喜歡奶奶耶。不過這樣總比拐騙女人要好上幾百倍就是了。我看不如拜託奶奶整治你這顆花心蘿蔔算了。」

米蘭妲也想起了祖母吧，她的表情多了幾分柔和。

「好啊，一起去探望奶奶吧。還要帶上茱麗安塔。」

「別鬧了。我很瞭解茱麗安塔。她的精靈也會在幾個月內消失不見吧。」

米蘭妲的這句話有如預言一般，最終成了事實。

幾個月後，奧斯卡與茱麗安塔的戀情劃下句點。他自認很有禮貌地提出分手，但依舊鬧得不歡而散。米蘭妲與茱麗安塔也因為這件事交惡，事後米蘭妲臭罵了他一頓。

祖母叫他活得自由自在，所以奧斯卡多年來都奉行這句話，可唯獨在戀愛方面始終談得不順遂。大部分的事他都能獨自處理得盡善盡美，但必須跟別人一起做的事他就不拿手了。

十八歲那年，奧斯卡遵從國家的規定，進入羅恩軍官學校就讀。由於那是一所男校，米蘭妲以為這下子再也不會聽到奧斯卡的風流緋聞，高興得拍手稱快。然而實際上，奧斯卡只是改跟男人或教師談戀愛罷了，他的生活幾乎沒有改變。

羅恩軍官學校只准擁有魔法迴路的人就讀，而魔法迴路只會出現在具備五大世家血統的人身上。所以無論直系還是旁系，學生基本上都流著五大世家的血。直系與旁系的差別，在於出生以後有沒有人教導他魔法。有些直系子弟入學前就已經會使用魔法了。奧斯卡的朋友諾亞是聖約翰家的直系子弟，不僅體能很強，學業也完全沒有不拿手的科目，此外還是相當厲害的火魔法師。

初次見面時諾亞的身邊就有火之精靈陪伴，勾起了奧斯卡的興趣。而且，他還擁有美到連奧斯卡都有些害怕的容貌。

「你就是風魔法一族的奧斯卡吧？久仰大名。我曾經跟你家的族長愛蜜莉見過面。」

第一次交談時，諾亞的臉上掛著微笑，深褐色的秀髮披垂在肩上。諾亞的微笑具有懾人的氣勢。他真的只是普通的火魔法師嗎？奧斯卡覺得這個人沒那麼單純，想跟他成為朋友。本來看諾亞擁有那樣的美貌，覺得當作談戀愛的對象也是無可挑剔的，但才開口五分鐘奧斯卡就立刻發現，諾亞對自己沒那種興趣。不，他對其他人也是如此──

諾亞其實非常孤僻，只是他本人似乎沒有自覺。

有著一張那麼漂亮的臉蛋，自然會吸引許多人想跟他攀談，但他卻對任何人都不感興趣。若是另眼相看的人物，諾亞會以禮相待，但對其他人的態度實在過分得可以，甚至讓人懷疑他是否把對方當人看。

「欸，諾亞，我想問你有關格鬥術課的事……」

「諾亞，這次休假要不要一起到森林走走？」

「諾亞，可以讓我看看你的魔法嗎？」

從學長到學弟，各式各樣的人都來找諾亞說話。這種時候，諾亞是這麼回答的。

「不知道。去死。」

「自己去吧。肥豬。」

「休想。蛆蟲。」

多麼尖酸毒辣，實在無法想像這些話出自那張漂亮的臉蛋。

諾亞說不定是把所有人都當成馬或羊看待。任何的花言巧語或粗言謾罵，他都會像這個樣子回敬對方。這樣的人通常會遭到疏遠或憎恨，但或許是因為家世，抑或全年級第一的能力，不，多半是因為他的美貌吧，無論諾亞說出多麼過分的惡言惡語，也沒人討厭他。

看來人真的會拜倒在完美無瑕的美麗之前。

「諾亞，你為什麼對追求自己的人這麼冷漠呢？對他們露出一點笑容又何妨？這樣一來，他們應該就會願意為你做任何事吧？」

剛開始跟諾亞往來時，奧斯卡曾向他提出這個單純的問題。當時奧斯卡與諾亞是室友，兩人經常各自坐在雙層床的上下鋪聊天。

「無聊。你倒是經常做出那種討人喜歡的舉動哪。明明本性就跟我一樣。」

聽到諾亞這麼說時，奧斯卡很是吃驚。因為他實在不認為，對任何人都很溫柔的自己，與對任何人都很冷漠的諾亞，兩人的本性是一樣的。

羅恩軍官學校不只有魔法科，其他方面的表現也很出色，在國內是頂尖的軍官學校。因此，優秀學生也不少。同年級當中，有個名叫里昂・愛因茲沃斯的金髮男學生很引人注目。他是個看起來聰明伶俐又一本正經的男人，亦是一名水魔法師。里昂跟諾亞合不來，兩人老是為了雞毛蒜皮的小事爭吵。但是，既然能讓諾亞跟他吵架，即代表諾亞對他另眼看待。雖然里昂是個對規則很囉唆，非常厭惡不正之事的麻煩男人，不過施展水魔法的能力是一流的。

除了他以外，還有另一名男學生也很醒目。那名男學生叫做齊格飛・鮑德溫，來自土魔法一族。他是大奧斯卡一屆的學長，長得伶俐聰敏，個性文靜沉穩，但渾身散發著不怒自威的氣勢。齊格飛同樣隸屬於魔法社，諾亞很討厭他，但奧斯卡對他並不反感。

齊格飛的身邊有著類似精靈的東西。

那到底是什麼呢？由於他自請退學後行蹤成謎，答案也就不得而知了。雖然那玩意兒類似精靈，卻給人些許不祥、黑暗的感覺。奧斯卡並未告訴任何人自己看得見精靈，所以沒有人能跟他討論圍繞在齊格飛身邊的東西，他只好獨自一人抱著這個疑問。

「奧斯卡，你看得見精靈嗎？」

某天，諾亞察覺到這件事。有那麼一瞬間，奧斯卡很煩惱到底該隱瞞還是據實以告。看得見精靈的人不多，要是看得見的事曝光，畢業後就得被迫加入軍方的魔法團。所以參加入學測驗時，他也是裝作看不見的樣子通過測驗。奧斯卡擁有看得見精靈的眼睛，是家人才知道的祕密。祖母也叮囑過他，在自行決定未來的時刻來臨之前都要保守這個祕密。

「差不多就是那樣。」

奧斯卡不認為自己瞞得過諾亞，於是簡單帶過這個話題。

「這樣啊。你就是靠這個能力來分類他人吧。」

見諾亞一副了然的模樣點頭這麼說，奧斯卡頓時心頭一驚，屏住呼吸。之前他從未想過這個問題，不過自己的確是以身上有無精靈做為判斷標準。無論是喜歡的對象，還是結交的朋友，他們的身邊全都伴隨著精靈。

「討厭啦，聽你這麼一說，我還真是無情耶。」

「會嗎？有什麼關係。我看不見，但是感覺得到……」

諾亞似乎不是靠眼睛，而是憑感覺掌握精靈的存在。

「諾亞，你是如何區別可認真對話的人，以及用不著理會的人？」

奧斯卡突然納悶地提出這個問題，諾亞思考了片刻後這麼說。

「憑感覺。只要看對方的眼睛，就能區分他是人還是害蟲。」

奧斯卡忍不住笑了出來。原本以為諾亞隨便應付的對象，在他眼裡多半是馬或羊，沒想到居然是害蟲。再怎麼說也太過分了。

「你這樣有辦法喜歡上人嗎？」

奧斯卡邊笑邊說，諾亞聞言皺起眉頭，擺出不屑的態度。

「——要對人感興趣是很困難的事。」

諾亞脫口而出的這句話，給奧斯卡的內心帶來不小的震撼。因為他確信，那是諾亞的真心話。他非常好奇，假如這個無法對人產生興趣的男人有了喜歡的對象，那會是怎樣的人呢？比諾亞還美的人可不多見。

諾亞是聖約翰宗家的次男，母親在他年紀還小時就去世了。他生長在衣食不缺的優渥環境，而且兄弟之間的感情聽說也不差。為什麼他會變得這麼孤僻呢？真是令人百思不解。奧斯卡向諾亞問起這件事，他只說自己生來就是如此。

在奧斯卡看來，諾亞與齊格飛有著相似的氣質。兩人都具備立於人上人的條件，而且不信賴他人，也都擁有自己的價值觀。

（這就是所謂的同類相斥吧。）

奧斯卡對那兩個人的看法就是如此。

奧斯卡一直很好奇諾亞會喜歡上怎樣的人，當他在羅恩軍官學校邁入第三年的新學期後，答案終於揭曉了。那個對象是全身的色素偏淺，身材嬌小，而且有著一張娃娃臉，看起來不像十八歲的新生。

就算要恭維也實在稱不上是能言善道的人，奧斯卡認為他跟嘴巴很毒、腦筋動得很快的諾亞並不登對。諾亞提出了各式各樣的理由，例如自己在他身上感覺到魔法石啦，只要前往自己在意的地方一定會遇到他等等，總之簡單來說，諾亞就是對他一見鍾情吧。這還是奧斯卡頭一次見到諾亞對他人如此執著。

這位名叫瑪荷洛的新生，身上同樣圍繞著精靈。美麗無比的光芒在他的周圍飛舞，假如他不是諾亞心儀的對象，奧斯卡說不定已經下手了。

後來經常看到瑪荷洛與諾亞一起行動，奧斯卡以為不久之後，瑪荷洛身上的精靈也會消失不見吧。就像精靈離開了自己的戀人那樣，總有一天瑪荷洛也會改變吧。

然而，瑪荷洛身上的精靈並沒有消失。非但如此，光芒還不斷聚集到瑪荷洛的身邊，簡直就像個受精靈所愛的孩子。

自己與諾亞有什麼不同呢？

為什麼瑪荷洛沒有改變，依舊閃亮耀眼呢？

奧斯卡不明白。這個小小的疑問就像一根刺，深深扎在心裡拔不出來。

2 賦禮

想要翻身卻發覺背後有人，瑪荷洛因而醒了過來。

男人的長胳膊環住他的上半身，將他禁錮在懷中，兩人正以這樣的姿勢躺在 King size 雙人床上。瑪荷洛一絲不掛，抱住他的男人也赤身裸體。

（唔唔……！真、真不習慣……）

諾亞．聖約翰的深褐色長髮披在瑪荷洛的肩膀上，讓他感覺很癢。他悄悄地慢慢面向後方，俊美的臉龐隨即映入眼簾。闔著的眼皮底下是澄澈的海藍色眼珠，兩片薄唇總是吐出與那副美貌完全相反的辛辣言論。被這具結實的肉體擁抱著，更加凸顯出瑪荷洛的身軀有多麼單薄瘦弱。

昨晚──應該說最近這陣子，兩人每晚都是在諾亞的房間同衾共枕。起初瑪荷洛是打算睡在諾亞為他準備的客房裡，睡衣也穿得整整齊齊，可是每當他要就寢時，諾亞就會拉著他的手臂，將他帶進自己的臥室裡。第一次歡愛的那天晚上諾亞還算體貼，但從第二晚以後就都照著諾亞的節奏進行。上了床後諾亞便親吻他的身體各處，通常睡衣會在這段期間被對方剝掉。

諾亞很喜歡親吻瑪荷洛的身體。他說瑪荷洛又白又柔軟，嘴唇在全身上下遊走。時而啃咬，時而留下吻痕，時而舔拭，時而揉捏，時而吸吮。瑪荷洛覺得自己好像變成食物了。

雖然諾亞說他喜歡瑪荷洛，可是瑪荷洛還無法回應他的心意。瑪荷洛並不討厭諾亞，也覺得他有恩於自己。儘管瑪荷洛確實對諾亞有好感，甚至認為諾亞若是想要，給他抱也無所謂，但來到這棟別墅後諾亞幾乎每晚都肆意玩弄他的全身，瑪荷洛不禁覺得諾亞的執著令自己有些吃不消。

「呀！」就在瑪荷洛悄悄挪動身子，想掙脫諾亞的懷抱時，諾亞的手伸向大腿之間握住他的性器。

「你醒了啊……」

他一副愛睏的樣子邊打呵欠邊揉捏性器，害得瑪荷洛忍不住縮起身子。諾亞總像是在擺弄自己的身體般碰觸瑪荷洛的身體。此刻也是睡眼惺忪地握著瑪荷洛的性器。

「不好意思……可以請學長別碰奇怪的地方嗎……」

性器遭諾亞的大掌揉搓後，身體自然而然湧現快感，瑪荷洛覺得這樣很不妙，於是撥開諾亞的手。他想起床洗臉換衣服，但諾亞卻親吻他的脖頸製造出聲響。

「奇怪的地方？哦，對了，就是這裡吧。」

諾亞的話音帶有調戲意味，手則繞到瑪荷洛的臀部上。他的手指就這樣插進昨晚盡情愛撫的後庭裡，瑪荷洛頓時停止呼吸。

「諾亞學長，呃，別一大早就……做那種事……」

再這樣下去，又會跟平常一樣被諾亞牽著鼻子走，於是瑪荷洛打算逃離這張床。結果諾亞立刻環住他的腰，再度將他撈了回來。

「這裡變得很舒服了吧？畢竟我每天都在幫助你適應嘛。」

長指鑽進了瑪荷洛的體內。諾亞將手指彎成く字形，開始摩擦內壁隆起的部分。一旦受到這樣的愛撫就再也無法抵抗了，瑪荷洛再次在床單上蜷縮著身子。手指摸索體內的敏感點，弄得他呼吸變得急促紊亂。在兩根手指的按壓摩擦下，性器越漸賁張昂揚。

「諾亞……學、長……，不、要了……」

昨晚諾亞也是一直折騰那裡，瑪荷洛因而發洩了好幾次。在與諾亞變成這種關係之前，他都不曉得自己的後庭原來這麼敏感。只要手指在裡面戳一戳，他很快就會勃起，還會發出奇怪的叫聲，全身也像是著火一般發熱發燙。

「你不討厭吧？快說你覺得舒服。」

諾亞像是要捉弄瑪荷洛一般，啃著他的耳垂這麼說。長指翻攪著後庭的深處。大概是因為昨晚注入許多黏滑液體的緣故，每當諾亞抽動手指便會發出淫褻的水聲，刺激瑪荷洛的耳朵。

「不、要……啊……！啊……！」手指的動作加快後，瑪荷洛終於忍不住逸出嬌吟。

諾亞拉扯飽滿的耳垂，帶給瑪荷洛酥麻的刺痛感。

「這邊也有感覺了呢。」

諾亞以指尖彈了彈瑪荷洛的乳頭。酥麻感也從胸口滲透至體內，瑪荷洛感到彆扭而擺動腰肢。起初分明什麼感覺也沒有，但因為諾亞不停觸摸他的乳頭，導致他現在能夠由此獲得快感。

「哈啊……哈啊……啊啊……」

瑪荷洛將漲紅的臉頰壓在床單上，微微抖動著腰部。手指突然用力按壓內壁的敏感點，使得瑪荷洛的身體忍不住往後仰。他撞上背後諾亞的肩膀，對方立即扣住他的下巴。

「嗯。」

諾亞吸吮瑪荷洛的脣瓣。手指與舌頭探入強行撬開的嘴裡，撫弄瑪荷洛

的齒列與下顎。就在瑪荷洛心想，他不要唾液流出來時，諾亞連他的唾液都吸走，侵犯他的口腔。

「咿、哈……！啊……！哈啊……」

瑪荷洛承受著不斷發出聲響的濃烈深吻，頭腦漸漸發昏。彼此的身體緊貼在一塊，諾亞的昂揚抵在瑪荷洛的身上。他以自己的性器磨蹭瑪荷洛的大腿處。

「唉……，真想進入你體內。好想跟你合而為一。」

諾亞一面舔著瑪荷洛的額頭與鬢邊，一面喃喃自語。瑪荷洛登時心跳加速，身體縮成一團。諾亞每晚都玩弄後庭，徹底教會瑪荷洛那裡是他的性感帶。要是諾亞那根既粗且長的巨物進入體內，自己會怎麼樣呢？光是想像那幅情景，體內深處便熱了起來。

來到這棟別墅的第一晚，諾亞本想完完全全占有瑪荷洛。不過，雖然手指能夠插入後庭，諾亞的分身卻無法進入。因為瑪荷洛被施上了防禦屏障的魔法，阻止他與諾亞達成真正的結合。諾亞說這肯定是齊格飛搞的鬼，但是……

「諾亞學長……，我、我想要……射了。」

後庭與乳頭受到愛撫，情慾也隨之高漲，瑪荷洛氣喘吁吁地提出訴求。他的性器滴著前列腺液，因為渴望被人觸摸而頻頻顫抖。要是自己動手諾亞會生氣，瑪荷洛只好忍著羞恥低聲央求。

「還不行。我要讓你能夠經由後庭達到高潮。」

見瑪荷洛眼泛淚光，諾亞揉著他的胸口說出可怕的話。

「經、經由後庭……？什麼意思……？」

瑪荷洛聽不懂這句話的意思，腰肢輕輕抖動了一下。諾亞的手指專心地愛撫著體內的敏感帶，製造出咕啾咕啾的水聲，累積於下腹部的慾望越漸濃重。

「意思就是像女孩子那樣，刺激裡面讓你達到高潮。你看，我也在刺激你的乳頭。這裡有感覺對不對？只要我這樣拉扯，裡面就會微微抽動。」

諾亞先是拉扯乳頭，接著再用力摩擦。結果後庭立刻夾緊埋在裡面的手指，瑪荷洛頓時羞得滿臉通紅。

「嗚嗚……我沒、辦法啦。不要再弄了，我想發洩出來……。摸我前面……」

關鍵的性器得不到愛撫，瑪荷洛難受地喘著氣。大概是這副模樣勾起了諾亞的情慾吧，他往瑪荷洛的耳朵噴吐熾熱的氣息。

「好可愛喔，想要發洩而痛苦掙扎的你真的好可愛，刺激著我的施虐心。跟你在一起，總是能讓我發現新的自己呢。」

諾亞露出愉悅的神情，撐起上半身。然後撥開毛毯，讓瑪荷洛趴在床上，抬高臀部。

「咿啊啊……！」

他的舌頭冷不防鑽進擴張的後庭，瑪荷洛嚇了一跳，發出奇怪的叫聲。諾亞不以為意，一面揉著瑪荷洛的臀瓣，一面舔弄內壁。

「別……這樣，很、很髒的……」

「看來舌頭進去也不要緊呢。欸，不要跑。」

見瑪荷洛想要閃躲，諾亞便以手臂牢牢固定他的腰部，並來回舔著他的臀部。舌頭一鑽進後庭裡，瑪荷洛便感到陣陣寒意，背脊直打哆嗦。心裡分明覺得討厭、不舒服，性器卻賁張欲發，前列腺液滴滴答答沾溼了床單。

「不……！啊、啊……！不要、啊……！」

即便他拚命掙扎，諾亞仍持續以舌頭刺激後庭裡面。瑪荷洛哭著央求他停下來，但諾亞充耳不聞，沒完沒了地用手指與舌頭愛撫著後庭。

「咿、啊、啊啊啊啊……！」

諾亞一隻手來回撫摸著腿根與大腿，另一隻手則持續摩擦著體內。瑪荷洛頭腦發昏，喘氣聲也變得沙啞。無處宣洩的快感不斷累積在腰胯，他不禁害怕起來，說不定真的不需要愛撫性器就能達到高潮。

——就在這時，房內冷不防響起敲門聲。瑪荷洛嚇了一跳，連忙抬手摀住嘴巴。

「諾亞少爺，差不多該起床了。早餐已經準備好了。」

提歐的聲音自門外傳來。

提歐是諾亞的監督者，亦是羅恩軍官學校的學生，今年二十一歲，臉上戴著眼鏡。瑪荷洛渾身僵硬，擔心對方是不是聽到了自己的淫蕩叫聲。

「嘖！時間到了啊。再努力一下，應該就能達到後庭高潮了說。」

大概是聽到提歐的提醒而決定放棄吧，諾亞終於將埋在後庭裡的手指拔出來。瑪荷洛吐出一口氣，倒在床單上。真是好險。要是提歐沒敲門，此刻自己就邁入未知的領域了。

諾亞讓綿軟無力的瑪荷洛仰躺著，接著將自己的身體疊上去。他同時握住自己與瑪荷洛的性器，用力套弄起來。

「咿、啊啊、啊……！」

累積的快感一口氣釋放，瑪荷洛發出高亢的叫聲宣洩慾望。才剛射出來，大掌又繼續套弄，折騰得瑪荷洛發出近似慘叫的呻吟，並且弄亂了身下的床單。過了一會兒諾亞也發洩出來，彼此的精液都噴濺在瑪荷洛的腹部上。

「真爽快。先把身體洗乾淨，再去吃早餐吧。」

大概是發洩完覺得神清氣爽了吧，諾亞很乾脆地爬起來。瑪荷洛仍處於恍惚狀態，諾亞拿溼布替他擦拭弄髒的地方時，他也一樣動彈不得。因為那股酥麻的疼痛感始終殘留在體內深處，只要刺激內部就會渾身發軟。

「來吧，我抱你過去。」諾亞笑著抱起瑪荷洛的身子。

見他輕輕鬆鬆橫抱起同為男人的自己，瑪荷洛慌張地縮起身子說：「我能自己走。」不過，諾亞仍直接把他抱進與臥室相連的浴室，讓他坐到放滿熱水的浴缸裡。

每次歡愛過後，諾亞都會細心清洗瑪荷洛的全身。他好像真的很喜歡觸碰瑪荷洛的身體。看到諾亞小心仔細地清洗自己的身體，瑪荷洛總是很為難，不知道該怎麼辦才好。即使告訴諾亞他要自己洗也會遭到拒絕，而且全身受到這樣的寵愛，會讓他覺得自己是諾亞的所有物。

瑪荷洛凝視著戴在自身腳踝上的銀色金屬環。這是內建追蹤器的魔法器具，能將瑪荷洛的所在位置回報給軍方。

自己分明不是能夠得到這等待遇的人呀。

瑪荷洛突然鬱悶起來，他撩起溼淋淋的瀏海，掩飾自己的心情。

瑪荷洛目前接受五大世家之一——聖約翰家的幫助。聖約翰是駕馭火魔法的家族之名，杜蘭德王國除了火魔法一族外，還有駕馭水魔法、風魔法、土魔法與雷魔法的家族。

被大國包圍的杜蘭德王國至今不曾遭受其他國家侵略，其原因大多要歸功於這個國家傳承下來的魔法力量。全世界能夠使用魔法的人只有杜蘭德王國的五大世家而已，就連王族都沒有這種能力。不過，據說王族擁有另一種特殊的力量，他們便是靠著這股獨有的力量來維持王國的運作。目前這個國家是由七十歲的維多莉亞女王所統治，但聽說握有實權的是軍方。

三百年前，五大世家曾掀起權力鬥爭，導致國家面臨四分五裂的危機。就在這個時候，闇魔法一族不知從哪兒冒了出來。五大世家很驚訝，沒想到除了他們以外，竟然還有另一個家族能夠使用魔法。闇魔法一族企圖乘隙將陷入內亂的杜蘭德王國據為己有，他們使用各種殘忍的手段折磨人們。闇魔法基本上多為殺人用的魔法，國家因而荒廢，陷入隨時都有可能遭到其他國家侵略的狀態。

國家衰敗後五大世家終於大徹大悟，決定盡釋前嫌，握手言和。而後五大世家聯手，將闇魔法一族斬草除根。擊退闇魔法一族後，五大世家為了避免再度發生內亂，便透過締結條約、通婚等方式，努力修復彼此之間的關係。他們所付出的其中一項努力，就是在克里姆森島上創設羅恩軍官學校。

出生在這個國家的人，年滿十八歲就必須就讀軍官學校。而一百年前創立的羅恩軍官學校，可說是為了五大世家存在的學校。當初創立這所學校的目的，是要促進五大世家的年輕一輩互相認識，從而消弭紛爭，好讓五大世家能夠維持良好關係。因此，具備魔法迴路的五大世家貴族一定得進入羅恩軍官學校就讀。另一個目的，則是要利用魔法石，學習其他家族的魔法。

起初這所軍官學校只供五大世家的血親就讀，不過隨著時光流逝，現在就連血統源自五大世家、具備魔法迴路的其他家族子弟也全都聚集在此，羅恩軍官學校因而成為杜蘭德王國唯一專門學習魔法的軍官學校。

瑪荷洛幼年時住在孤兒院裡。某天，土魔法一族鮑德溫家的家主——山繆・鮑德溫突然出現，聲稱瑪荷洛具備鮑德溫家的血統而收留他。山繆希望瑪荷洛能成為其獨生子齊格飛的說話對象。

大瑪荷洛三歲的齊格飛渾身散發獨特的氣質，天生就具備不怒自威、令人懾服的領袖風範。別人說的話他只要聽過一次就絕對不會忘記，優秀到教師也讚不絕口。無論面對傭人、教師甚至是雙親，齊格飛都鮮少表露情緒，唯獨對瑪荷洛表現出執著的一面。他會以殘酷的手段報復想對瑪荷洛不利的人，看到瑪荷洛擅自行動也會不高興。儘管身上流著同個家族的血，但瑪荷洛的身分就跟齊格飛的僕從沒兩樣，所以他不會做出反抗的舉動。因為對瑪荷洛而言，齊格飛說的話是正確且絕對的。

齊格飛在十八歲那年，進入羅恩軍官學校就讀。羅恩軍官學校採全住宿制，只有暑假與寒假才能返鄉。

升上三年級後的某天，齊格飛突然向學校申請退學，之後就失蹤了。據說過去也有幾名學生因某些緣故而被迫退學，但齊格飛是第一位自請退學的學生。

此外也有紀錄顯示，齊格飛搭乘唯一通往本土的渡輪離開了克里姆森島。可是，他沒有回家，從此下落不明。中途退學離開羅恩軍官學校，也等於是違反現行制度，因此被迫退學或是自請退學的學生都要接受軍方的監控。然而齊格飛卻失蹤了，所以軍方人士數度來到鮑德溫家搜索，檢查他們是否藏匿了齊格飛。

山繆因為擔心兒子的安危，要求瑪荷洛進入羅恩軍官學校，查出齊格飛的失蹤原因並尋找有關其下落的線索。瑪荷洛本來就預定要以鮑德溫家族成員的身分參加入學測驗，所以答應了這項要求。瑪荷洛本身也非常擔心齊格飛的下落。

於是，瑪荷洛在八月的最後一天，搭船前往克里姆森島。

在羅恩軍官學校，不只要學格鬥術、劍術與基本學識，還要學習魔法。瑪荷洛因為具備魔法迴路而得以入學，但除了這點外就一無是處，不管做什麼都不拿手。笨拙的瑪荷洛在這裡遇見了全校最優秀的學生——諾亞・聖約翰。諾亞擁有令人驚豔的俊美容貌、頎長的肢體，以及披垂在肩上的深褐色秀麗長髮。

這位青年雖然外表美若天神，一開口卻沒好話，是個有點奇特的人。

打從入學典禮那時諾亞就盯上瑪荷洛，起初他懷疑瑪荷洛偷偷攜帶魔法石。魔法石是發動魔法所需的石頭，若是具備五大世家血統的人，只要使用魔法石，就能夠施展其他家族的魔法。諾亞說，他在瑪荷洛身上感覺到魔法石。

而剛開始，瑪荷洛覺得諾亞是個無論身在何處都能找到自己的可怕學長。

直到某天，島上發生了一起事件。

掀起叛亂的一夥人侵入克里姆森島，企圖奪走悄悄藏在湖底的大量魔法石。令人震驚的是，率領叛軍的居然是瑪荷洛敬愛的齊格飛。齊格飛自稱是闇魔法一族瓦倫帝諾的傳人。瑪荷洛信任多年的齊格飛，其真實身分竟是能夠使用闇魔法的危險人物。

齊格飛殺害眾多士兵，並打算在奪走魔法石後逃之夭夭。直到發生這起事件，瑪荷洛才得知自己的體內遭人埋入特殊的石頭，而作用就是增強旁人魔法的威力。在瑪荷洛旁邊使用魔法，威力可增加幾十倍。目睹齊格飛殺人且樂在其中令瑪荷洛大受打擊。他發覺再這樣下去，連毫無關聯的學生都會受害，於是逃離齊格飛的身邊。

然而瑪荷洛好不容易才擺脫齊格飛，軍方卻懷疑他參與這次的叛亂，將他拘禁起來，迫使他過了一陣子沒有自由的生活。

將他從那個地方解救出來的人，正是諾亞。

除了諾亞的父親是軍方高層，也因齊格飛的同夥再度突襲軍方設施，見軍方無法保護瑪荷洛，諾亞便要求軍方將瑪荷洛交給自己照顧。最後軍方決定，暫時將瑪荷洛安置在聖約翰家的私邸。軍方給瑪荷洛的腳踝戴上一只金屬環。這是內建追蹤器的魔法器具，無論瑪荷洛逃到哪裡都能知道他的位置。

因為這樣的緣故，目前瑪荷洛暫住在諾亞的別墅裡。諾亞很喜歡瑪荷洛。雖然不懂他到底喜歡瑪荷洛哪一點，不過諾亞稱瑪荷洛又白又可愛，每晚都把他拖到床上。不過，他們始終無法跨過最後一道線。因為當諾亞想跟瑪荷洛結合時，魔法屏障就會發動，妨礙他們合而為一。

儘管如此，諾亞對瑪荷洛的心意依然如故，今天也是一大早就與瑪荷洛親熱一番。現在是一月上旬，諾亞就讀的羅恩軍官學校還在放寒假。

「諾亞學長……算我拜託你，別在身上留下痕跡。」

穿上諾亞準備的絲質襯衫，瑪荷洛移開目光不再去看鏡中的自己。脖頸、鎖骨、上臂與大腿，皆留下了好幾個被諾亞疼愛過的證明。這種痕跡在天生色素偏淺的瑪荷洛身上非常醒目。

「還有，我想染頭髮……」

鏡中的自己是一頭白髮，再怎麼樣都很引人注目。之前住在學校宿舍時，因為頭髮染成金色，看起來就沒現在顯眼。

「啊？你在說什麼？我就愛你的白。染髮這事免談。吻痕不是能用襯衫遮住嗎？」身穿黑襯衫配灰色西裝背心的諾亞，揚起嘴角這麼說。

與諾亞面對面時，瑪荷洛必須仰頭才有辦法跟他對話。身高只有一百五十公分的瑪荷洛，跟一百九十公分高的諾亞站在一塊，看上去簡直就像是大人與小孩。

腳邊突然傳來「嗚——」的叫聲。白色吉娃娃依偎在瑪荷洛的腳邊，抬頭看著他。這是校長授予的使魔，由於已跟瑪荷洛訂下血契，平常都會跟他一起行動。名字叫做阿爾比昂，意思是「白色」。

「為什麼這小傢伙一直待在這裡啊？既然牠是使魔，應該可以收起來吧？」

諾亞一副覺得可疑的表情俯視白色吉娃娃。

「我不知道要怎麼收起來……校長也說要經常將牠放出來。」

瑪荷洛抱起阿爾比昂這麼說，諾亞聞言皺起眉頭，不置可否地回了一聲「哦——」。阿爾比昂窩在瑪荷洛的臂彎裡，搖著尾巴。使魔不用吃飯也不會排泄，不過偶爾會吸取主人的生氣。

在羅恩軍官學校，學生升上三年級後都會擁有使魔。雖然瑪荷洛還是一年級生，但為了避免他的魔法不小心失去控制，校長才派阿爾比昂來監視他。據說各種動物都能當作使魔，至於羅恩軍官學校則限定學生以狗做為使魔，因為狗對主人很忠心。

「奧斯卡好像來了。讓那小子看到你的肌膚可就便宜他了。」

說完這句話後，諾亞將領巾圍在瑪荷洛的脖子上。長指靈活地打著領巾，看得瑪荷洛目瞪口呆。奧斯卡・拉瑟福是五大世家之一，駕馭風魔法的拉瑟福家直系子弟，亦是諾亞的朋友。

「你們感情真好呢。」

這就是所謂的死黨嗎？瑪荷洛不禁莞爾，沒想到回應他的卻是一抹輕蔑的笑。

「我們沒多要好，只是偶爾一起行動罷了。」

打好瑪荷洛的領巾後，諾亞蹲下來給他一個輕吻。由於諾亞經常這麼做，瑪荷洛也已習慣這樣的親吻了。雖然他也煩惱過「這樣好嗎？」，但只要諾亞那張俊美的臉龐一靠近自己，他就拒絕不了對方。

「是……這樣嗎？」

離開房間行進於走廊上時，瑪荷洛不解地問。他將阿爾比昂放到地上，牠便邁著短腿匆匆跟上來。

「可是，他不是能跟諾亞學長正常對話的少數人之一嗎？」

諾亞在學校也不重視人際關係，面對大部分的人都是一副無禮的態度。不過，他總是與奧斯卡一起行動，瑪荷洛一直以為兩人很合得來。

「是啊。因為他看起來像人，如此而已。」

諾亞伴著腳步聲，講出讓人聽不懂的話。他說奧斯卡看起來像人，難不成有些人在他眼裡不像人嗎？擁有如此俊美的容貌，學業成績與魔法能力也都是一流的，而且還是五大世家的直系子弟，理應從小就是萬人迷才對，可是諾亞的個性卻很孤僻。

「那小子是拉瑟福家的人。你記好了，血脈相異的家族之間是不存在真正的友好關係。」

見諾亞吐出這句冷酷無情的話，瑪荷洛感到困惑。

「怎、怎麼這麼說……血統真有那麼重要嗎？」

瑪荷洛知道諾亞個性孤僻，不愛與人交際，但看他認為血統對人際關係有那麼大的影響力，瑪荷洛實在無法苟同。

「血統就是一切，這麼說一點也不為過。那小子來自駕馭風魔法的家族，他的心就跟風一樣捉摸不定。可別信任他啊，他的所作所為都是一時的心血來潮，旁人是沒辦法理解的。」

諾亞冷淡地評論自己的朋友。瑪荷洛跟奧斯卡交談過幾次，印象中他是一位開朗又溫柔的學長。瑪荷洛暗想，諾亞的看法真扭曲。

「可是照學長這麼說的話，我也是不同血統的人呀……」

瑪荷洛小聲吐槽，諾亞聞言揚起眉毛，一副現在才注意到的模樣。

「這麼說也是呢。你……好吧，你例外。校長好像說過，你搞不好是光魔法一族的人……」諾亞出神地望著前方喃喃自語。

光魔法一族——目前瑪荷洛還不想去思考這件事，於是他陷入沉默。

來到餐廳，便看到話題主角奧斯卡正在吃麵包。他一見到諾亞及瑪荷洛的面孔，立刻露出微笑。

「你們早餐吃得真晚耶。一大早就在親熱嗎？」

奧斯卡是一名有著亮茶色頭髮與藍色眼珠的爽朗青年。嘴邊總是帶著微笑，一雙眼柔情似水，鼻梁又直又挺。不僅是個超級萬人迷，而且聽說他下手也很快。今天他穿著條紋襯衫，搭配質料很好的外套。

「奧斯卡學長，早安。」

瑪荷洛開口問候，奧斯卡旋即起身，親吻他的臉頰。

「瑪荷洛，你今天也很可愛呢。你若不是諾亞的對象，我就會追求你了。」

奧斯卡注視著瑪荷洛，以聽不出是開玩笑還是認真的口吻示愛。

「誰說你可以碰他的？瑪荷洛，別接受這小子的吻。」

諾亞一臉不悅，往奧斯卡的小腿踢了一腳。奧斯卡喊了聲「好痛」後，離開瑪荷洛回到座位上。瑪荷洛面露苦笑，坐到奧斯卡對面的位置上。諾亞則坐在瑪荷洛斜對面的主位，傭人送來用籃子盛裝的牛角麵包。

「奧斯卡學長，你今天是來玩的嗎？」

瑪荷洛好奇地面向旁邊。送來的早餐有培根、馬鈴薯泥、歐姆蛋與豆類料理。瑪荷洛從傭人端來的大盤子，取需要的分量放到自己的盤子上。奧斯卡很中意諾亞家的主廚，吃得津津有味，讚不絕口。

「我有很多問題想問諾亞。前幾天校長來這裡時，不是有提到賦禮之類的事嗎？」

奧斯卡瞇起眼睛說道。餐廳的氣氛突然變得很緊繃，瑪荷洛一時不知該作何反應。諾亞露出銳利的目光，好似心懷怨恨一般瞪著奧斯卡。

「校長並未提到賦禮的事。你是在哪裡聽說的？」

諾亞的聲調冷了下來，瑪荷洛夾在兩人之間，心情一下子變得很緊張。賦禮——他想起之前見識到諾亞的獨立魔法時，諾亞告訴自己的內容。諾亞被父親帶去某個地方，在那裡獲得了名為賦禮的異能。關於這件事，校長好像也知道些什麼，不過那天她的確沒提到賦禮這個字眼。

「哈哈，好可怕的表情。雖然校長沒有明講，但在提到獸化魔法時，她指的就是賦禮吧？」

奧斯卡絲毫不在意諾亞的冷漠目光，甚至還露出笑容。當時校長說，能夠使用獸化魔法的男人跟齊格飛聯手了。諾亞的反應令瑪荷洛心生畏懼，不自覺地抬起目光看著他。剛剛諾亞才說，不要信任奧斯卡。一想到這兩個人的感情其實並不好，他就難過起來。

「以前我奶奶說過，克里姆森島上有位能授予賦禮的特殊人物。我一直以為那只是則傳說，不過既然真的有人得到賦禮，就表示這是事實囉？而且——之前我就想問了，你應該握有什麼殺手鐧吧？」

奧斯卡吃著牛角麵包，壓低聲音這麼說。

瑪荷洛擔心兩人會吵起來而窺看諾亞，沒想到緊繃的氣氛突然瓦解。諾亞收起攻擊性的態度，喝著管家泡的紅茶。

「也對。我們之前是室友，你的直覺又很敏銳，不可能沒發現吧。」諾亞很乾脆地承認了。

諾亞與奧斯卡目前在羅恩軍官學校住的是個人房，不過兩人之前曾住同一間寢室。他們都很瞭解彼此吧。

「我的確在克里姆森島上得到賦禮，擁有獨立魔法。只不過，我不曾在校內使用過。」

「果然沒錯！」奧斯卡將上半身往前探，興奮地大叫。

「我姑且還是有顧慮到你的感受喔？畢竟一觸及這種敏感話題，你就會變得很可怕。但是有瑪荷洛在，你的戒心就鬆懈了不少耶。然後呢？你得到什麼樣的獨立魔法？需要儀式什麼的嗎？那個授予賦禮的人在克里姆森島的哪個地方？」

奧斯卡的眼睛都亮了起來，接二連三地提出問題。看來他非常感興趣。瑪荷洛同樣不是很清楚賦禮的事，所以也好奇地注視諾亞。

「你該不會……想要賦禮吧？」

諾亞動作優雅地將馬鈴薯泥送進嘴裡，並以呆愣的語氣這麼問。

「當然想要啊。那可是獨立魔法耶？這種特別感，實在令人難以抗拒呢。」

奧斯卡全然一副躍躍欲試的模樣。

「呆瓜，賦禮可不是什麼好玩的東西。我壓根兒就不想要這玩意兒，都是臭老爸擅自把我帶過去……不對。」大概是想起了不愉快的回憶吧，諾亞皺起眉頭。

「賦禮並不是人人都可以獲得。只有祭司選上的人才能得到賦禮，而且代價是重要的事物會被奪走。」諾亞以勸導的口吻這般告訴奧斯卡。

「重要的事物……？原來不是任何人都能得到啊。不過，我有自信能被選上。你當時失去了什麼重要的事物嗎？所以才不願意提起這件事？」

奧斯卡似乎有些嚇到，但仍滔滔不絕地繼續說。

有自信能被選上，的確很有五大世家直系貴族的風範，這讓瑪荷洛很是欽佩。換作瑪荷洛的話，他就會認為自己一定不行而馬上放棄。何況，他不希望重要的事物被奪走。

「我……失去了母親。」諾亞刻意壓抑情緒，以平淡的語氣答道。

瑪荷洛停下使用叉子的手。諾亞乍看很冷靜，但瑪荷洛感覺得到他其實非常心痛。

「你是說會奪走人命嗎？」就連奧斯卡也露出不知所措的神情。

「代價好像每次都不一樣……我則是在得到賦禮的同時，母親也死亡了。賦禮不是什麼好東西。它是詛咒，是惡魔送的禮物。」諾亞語帶憎惡地吐出這句話。

之後就算奧斯卡問他得到了什麼樣的魔法，諾亞也絕口不答。之前諾亞從敵對的瑪莉手中解救瑪荷洛時，瑪荷洛就見識過他的獨立魔法。他擁有的能力是「空間干預」，據說可以切割空間，以及壓縮有效範圍內的無機物，例如槍枝。諾亞毫無顧忌地告訴瑪荷洛，但他似乎不想透露給奧斯卡。

「真愛搞神祕耶。話說回來，今天校長會來吧？」

見諾亞守口如瓶，奧斯卡聳了聳肩，一副拿他沒轍的模樣。

「你知道得真清楚耶。難不成你跟我家的女僕有一腿嗎？消息未免太靈通了。」諾亞瞪著他，臉上寫著不爽。

一個星期前，札克、奧斯卡與里昂到這棟別墅作客時，校長也前來這裡與他們談話。瑪荷洛不曉得她今天也會過來。

「可別罵她喔，她是一位很迷人的女性。」

奧斯卡心情很好。這棟別墅的女僕應該都是中年女性才對呀……

「校長是來談瑪荷洛今後的打算吧？請務必讓我同席喔。」

他一隻眼睛衝瑪荷洛眨了一下，如此說道。彷彿以惹諾亞心煩為樂一般，奧斯卡的笑聲迴盪在餐廳裡。

吃完遲了點的早餐後，管家亞蘭安靜地走到諾亞旁邊，附耳跟他說了什麼。這位白髮管家年紀介於六十五到六十九歲，是個背脊直挺的男性。看來是令人不愉快的報告吧，諾亞聽完忍不住咂嘴。

「校長來了嗎？」奧斯卡品著紅茶的香氣，同時這麼問道。

「不，是我老爸不請自來。」

諾亞板著一張臉。他相當憎惡偶爾提及的父親，瑪荷洛猜想，他是不是把母親的死歸咎於父親呢？諾亞拿餐巾擦嘴，接著從椅子上起身。

「瑪荷洛，跟我一起過去。老爸說他想要見你。」

見諾亞遞出手，瑪荷洛急忙站起來。

諾亞的父親似乎是來見瑪荷洛的。畢竟寶貝兒子把受軍方監控的人藏在家裡，這也是理所當然的。而且聽說諾亞的父親是軍方高層，他會不會氣得要自己別接近諾亞呢？瑪荷洛突然感到忐忑不安，耷拉著腦袋。雖然接受諾亞的好意在這裡叨擾，但自己畢竟是個危險的存在。之前齊格飛為了將瑪荷洛搶回去，曾派部下突襲、破壞軍方設施。這裡也隨時都有可能遭到襲擊。

諾亞將奧斯卡獨留在餐廳裡，帶著瑪荷洛前往一樓的會客室。一樓有幾名身穿軍服的男子整齊地排成一列，他們是諾亞父親的護衛。每個人都佩帶著劍，手槍也插在槍套裡繫掛於腰間。見諾亞從面前經過，眾人立刻向他敬禮，但諾亞看都不看一眼，逕自走進會客室。

「臭老爸，你來做什麼？」

一進房間，諾亞就不高興地這麼問。窗邊站著一名高挑的男子。

會客室貼著紅底加上金色刺繡的壁紙，室內有燒得很旺的壁爐、看起來很高級的沙發，以及厚重的茶几。牆上掛著各種尺寸的畫作，嵌入式櫥櫃裡陳列著玻璃製品。

諾亞的父親大約五十幾歲，有雙細長的眼睛與深褐色的頭髮。軍服上別著好幾枚勛章，體格也很壯碩，眼神更是能懾人心魄。除了眼睛以外，其他部分都跟諾亞不怎麼相像。硬要說的話，他的父親長得很有威嚴感。

「來見引發風波的他。既然人就藏在兒子的別墅裡，我當然得親自過來察看吧。」

諾亞的父親絲毫不介意兒子的無禮態度，他俯視著瑪荷洛。銳利的目光從頭到腳掃了一遍，看得瑪荷洛都忘了呼吸，緊張地立正站好。

「你就是瑪荷洛啊。我是西奧多．聖約翰。」西奧多走到瑪荷洛身前，將手遞出去。

瑪荷洛懷著膽怯的心情握住他的手。大掌用力握緊瑪荷洛的手，他戰戰兢兢地仰頭看向對方。那雙跟諾亞一樣的藍眼睛正打量著瑪荷洛。

「齊格飛．鮑德溫至今仍未落網，我們也掌握不到他的行蹤。對於他如何逃出克里姆森島這件事，你有沒有什麼頭緒？」西奧多平心靜氣地這麼問，瑪荷洛聞言睜大了雙眼。

「我、我不知道……。會不會是乘著龍逃走？」

畢竟事件發生當時，有好幾頭龍在空中飛來飛去。

「龍呀……我收到的報告指出，從遇襲那天算起，軍方包圍了克里姆森島三天左右，但是並未發現龍與船隻。只能認為齊格飛一行人是突然從島上消失的。看樣子他們有祕密路線。」

「當時瑪荷洛一直待在我身邊，怎麼會知道他們的逃脫路線。」

插嘴打斷西奧多的人是諾亞。諾亞將瑪荷洛攬過來護著他，不客氣地瞪著父親。

「看來我兒子很迷戀你。」西奧多面帶苦笑看向瑪荷洛。

瑪荷洛不知道該怎麼回答，手足無措地輪流看著諾亞與西奧多。

「不得不說，你的立場非常複雜。現階段就准你寄住在我兒子的別墅吧。若是遇到襲擊，我兒子的魔法能派上用場。不過，軍方若有要求，希望你盡速照辦。可以吧？」

聽到西奧多這麼問，瑪荷洛點了個頭。

諾亞使勁摟住瑪荷洛的肩膀，以燃著怒火的眼眸威嚇父親。兩人明明是親父子，但諾亞與西奧多都不存在家人該有的溫情。話雖如此，像自己這種來歷不明的人待在兒子身邊，應該會令身為父親的西奧多感到不快吧。一想到這點，瑪荷洛就覺得坐立難安。

「今天戴安娜會過來吧？讓我在這裡等她吧。」

西奧多坐到沙發上，拿出雪茄。諾亞皺起眉頭，似乎有些吃驚。

「請便。」

諾亞牽著瑪荷洛的手離開會客室。一來到走廊，瑪荷洛便將憋住的氣吐出來。看來諾亞的父親並不是能輕鬆見面的人物。緊張感解除後，瑪荷洛不由得彎腰駝背。

「真奇怪。我還以為他會針對我們的關係說三道四。」

諾亞一臉疑惑地回頭看向門口，不客氣地吐出這句話。諾亞對待瑪荷洛的態度顯然超越了朋友關係，西奧多應該也向傭人及管家打聽過消息才對。瑪荷洛本來也以為西奧多會要求自己別接近諾亞，結果對方什麼也沒說，讓他很意外。

「那個……雖然現在才問有點晚，諾亞學長沒有未婚妻嗎？跟我這樣的人在一起，會不會傷害到某個人……」

在走廊上走著走著，瑪荷洛突然在意起這件事，於是開口問道。他與諾亞做過好幾次淫猥的行為。雖然他完全沒打算以諾亞的情人自居，但要是父母已幫諾亞找好了未婚妻，他們的關係應該很不道德吧？聽說五大世家的貴族通常很早就決定好結婚對象。

「你們談完了？剛剛是在問諾亞的未婚妻嗎？」

奧斯卡突然從樓梯平臺探出頭來，笑咪咪地問。

「我沒有未婚妻。十歲的時候，老爸是有拿相片給我，叫我從裡面挑一個，但相片全被我撕碎了。」諾亞嗤之以鼻道。

瑪荷洛想像那幅景象，忍不住苦笑。看來諾亞從小就是這種個性。

「沒有未婚妻的五大世家少爺很罕見呢。連我都有說。」

奧斯卡摸著下巴，一副覺得很有趣的樣子。奧斯卡分明有未婚妻了，卻還是跟各式各樣的女性交往嗎？多麼不忠貞的人啊……瑪荷洛傻眼暗想。

「哇，你那是什麼表情。放心啦，我的未婚妻沒打算嫁給我。只是嫌麻煩才沒毀婚，她已經有別的對象了。未婚妻是重視血統的奶奶，擅自從家族當中幫我挑的。」

奧斯卡無奈地搔了搔頭。

「原來是這樣呀？」

「畢竟，要讓風魔法永遠傳承下去，我還是得跟風魔法一族的人結婚才行嘛。說來很不可思議，如果跟血親以外的人結婚，就很難生出有魔法迴路的孩子呢。」

聽奧斯卡這麼一說，瑪荷洛想起以前喬治在課堂上說過的話。一般人往往以為，血統不同的父母所生的孩子，應該能使用雙方的魔法，讓能力倍增，然而實際上孩子不具備魔法迴路的機率反而會增加。所以基本上，五大世家都會從血親當中找個遠親結婚。

「來自不同家族的父母，也是有極低的機率會生出兼具雙方能力的孩子。這樣的人不就擁有很強大的力量嗎？就像校長那樣。」

諾亞揚起嘴角說道。這個國家存在著被譽為四賢者的魔法師。這是格外傑出的魔法師才能獲得的稱號，羅恩軍官學校的校長——戴安娜・杰曼里德就是其中一人。校長的身上流著雷魔法一族杰曼里德家，與風魔法一族拉瑟福家的血。

「血統有許多未解之謎呢。聽我們家族的顧問，也就是我奶奶說，曾經有人為了生出最強的魔法師而試過各種交配組合，但是全都失敗了。說不定魔法迴路不能缺少愛這項變數喔？」

奧斯卡像是在咬耳朵般對瑪荷洛這麼說。他的嘴脣碰到了耳垂，瑪荷洛覺得很癢而縮起身子，諾亞見狀將瑪荷洛拉到自己身邊。

「你對瑪荷洛的興趣讓我非常介意。要是敢對這小子下手，我一定會宰了你。」

諾亞似乎很不喜歡奧斯卡糾纏瑪荷洛。也不知道奧斯卡是在捉弄瑪荷洛，還是在對諾亞惡作劇，不過瑪荷洛覺得，奧斯卡對任何人都是這種態度吧。

「好好好。但是，可愛的孩子就是會讓人想摸摸他呀？誰叫他……每回見面都會變得更加耀眼。」

見奧斯卡瞇起眼睛注視自己，瑪荷洛心跳加速，躲到諾亞的背後。他很不擅長應付像奧斯卡這樣的花花公子，講起恭維話就跟呼吸一樣自然。

「這還用說，因為有我那樣疼愛他啊。奧斯卡，你也差不多該意識到了。你愛人的方式是錯誤的。」

諾亞擺出傻眼的表情這麼說，奧斯卡聞言噘著嘴回答：「什麼跟什麼嘛。」之後兩人就鬥起嘴來，瑪荷洛滿臉通紅地站在一旁看著他們。諾亞大概是不介意彼此同為男人這一點吧，無論面對什麼人，他總能毫不在乎地公開自己與瑪荷洛的關係。只不過，瑪荷洛其實不太想讓人知道這件事就是了……

「諾亞少爺，校長到了。」走廊前方傳來提歐的聲音。

見諾亞與奧斯卡停止鬥嘴，瑪荷洛鬆了一口氣。

「請她到露臺。啊……先帶她去見老爸。我想快點把老爸趕出去。」

諾亞這般命令提歐後，邁步走向露臺。上次見到校長已是一週前的事了。想起當時所談的內容，瑪荷洛的表情不自覺變得陰鬱。

一個星期前，瑪荷洛剛住進諾亞的別墅，校長便來到這裡，向瑪荷洛提出一個意想不到的推論。

瑪荷洛並不具備鮑德溫家的血統，他有可能是已滅亡的光魔法一族——

據校長說，光魔法一族全身異常的白，體質不適合在太陽底下生活。瑪荷洛的頭髮與皮膚，甚至連眼睫毛都缺乏色素。從小他就很疑惑，為什麼只有自己這麼白。不過，雖然他很怕晒太陽，卻還不到無法生活的地步，所以也有可能是校長搞錯了。

光魔法一族是個神祕的家族，據說他們是在闇魔法一族躍上檯面時一同出現的。一般認為光魔法一族目前已滅亡，但實際情形如何不得而知，也不清楚他們是怎樣的家族。

不過，假如瑪荷洛真是光魔法一族的人——他的雙親與其他族人現在怎麼樣了呢？在瑪荷洛體內埋入特殊石頭的醫師表示，當時有好幾名跟瑪荷洛一樣全身色素偏淺的孩子被送進研究所。除了瑪荷洛，其他的孩子全都發生排斥反應，於手術中或手術後死亡，而這些孩子理應都有父母才對。那些人現在到底是什麼狀況呢？這件事超乎瑪荷洛的想像。

除了好奇自己的真實身分，瑪荷洛也還無法下定決心對抗照顧自己多年的齊格飛。雖然目睹齊格飛殘殺士兵的景象後，瑪荷洛認為自己不能再跟隨他，但他畢竟是自己信任、仰慕多年的人。自己有辦法對齊格飛刀劍相向嗎？

諾亞告訴眾人，他不會把瑪荷洛交給齊格飛，並決定為了保護瑪荷洛而與齊格飛對抗到底。

把諾亞牽扯進來真的好嗎？諾亞決定拚上性命保護自己，自己真能安安穩穩地接受保護嗎？無窮無盡的煩惱不停折磨著瑪荷洛。

話雖如此，瑪荷洛目前別無選擇，也沒有自由。現在的他受到軍方監控，在接到下一道命令之前，他只想待在可讓自己安心的諾亞身邊。

「今天很溫暖呢。」

奧斯卡、諾亞與瑪荷洛三人在露臺喝紅茶，過了三十分鐘左右，一名粉紅色頭髮的年輕女子走了過來。她是羅恩軍官學校的校長——戴安娜。今天穿著黑色外套與長裙，腳踩高跟鞋。校長是位很奇特的女性，每次見面髮色都不一樣，外表看起來頂多二、三十歲，但她其實已是個七十歲的老奶奶了。

「西奧多看起來精神不錯呢。能跟許久不見的他聊天，真教人開心。」

校長笑吟吟地將白色椅子拉出來。露臺的桌上準備了藍色陶瓷茶壺，身穿西裝的提歐按人數泡茶。大盤子上堆滿了剛烤好的餅乾，阿爾比昂坐在瑪荷洛的腿上，一副興致勃勃的樣子把鼻子湊過去。雖說使魔理應無須進食才對，難不成牠想吃餅乾嗎？

「我倒是希望他快點翹辮子。」諾亞若無其事地口出惡言。

瑪荷洛小聲規勸他不能講這種話，諾亞便一副覺得麻煩的態度擺了擺手。

「校長，下週就要開學了呢。您應該很忙吧？」奧斯卡嘴角帶著笑意，問候校長。

「是呀。許多事需要調整，麻煩得要命，我可是東奔西走呢……。今天是來談瑪荷洛的處置方式。」

校長端起擺在眼前的茶杯。諾亞立即露出銳利的目光，擺出緊繃的態度直盯著校長。瑪荷洛也不安起來，看著校長的眼睛。

「瑪荷洛暫時交由我看管。具體來說就是讓他換個模樣，以隨從的身分安置在我身邊。諾亞，你現在是不是很慶幸自己打消了退學的念頭呀？順帶一提，這件事我只告訴你們白金三人組，不會讓其他學生知道。里昂那邊我之後再知會他一聲。」

校長像是要品味茶香一般端著茶杯，一口氣說完這席話。聽到自己要化身為校長的隨從，瑪荷洛總算放下心來。他原本還擔心，自己是不是又要被隔離在軍事設施。諾亞聞言先是以手指摩挲薄唇，而後若有所思地舔了舔嘴唇。

奧斯卡則露出開朗的表情說：「是喔！」

「也就是說，我們又能在學校見到瑪荷洛嗎？但他不是學生了？」

見奧斯卡對自己報以笑容，瑪荷洛瞥了諾亞一眼。諾亞的沉默很令他在意。

「諾亞，這件事軍方也同意了，可別有異議喔？總不能一直把瑪荷洛安置在這裡，萬一聖約翰家遭到襲擊就不得了了。不過，他也不能在克里姆森島上久留吧。最好的辦法還是逮捕齊格飛一行人，但……」
校長嘆了一口氣。
「目前他們依舊下落不明。我們必須先找出那幫人的逃脫路線才行。這也是必須把瑪荷洛帶去克里姆森島的原因之一。畢竟那座島上有許多祕密。」
「您是指授予賦禮的人吧？」奧斯卡雙眼發亮，慢慢逼近校長。
「你是聽諾亞說的嗎？」
校長捏起一片餅乾苦笑道。
「諾亞不肯告訴我詳情。我是聽奶奶說的，之前都把這件事當成一則傳說。」
回頭瞄了諾亞一眼後，奧斯卡拄著臉頰。
「希望您能告訴我。據說那座島上住著森人對不對？那個人就在那裡嗎？」
森人——瑪荷洛搜尋自己的記憶。克里姆森島東邊住著被稱為森人的部族。但是，民間幾乎看不到關於森人的資料，瑪荷洛認為他們應該是原住民吧。
「對，沒錯。」大概是沒打算隱瞞吧，校長回答得很乾脆。
「據說森人居住的土地上有道神祕的門，只有被選上的人才能進去。那裡有位祭司能授予他人名為賦禮的獨立魔法，但能不能得到賦禮得看運氣。我們四賢者當中只有一個人得到賦禮。能否得到賦禮似乎跟魔力強弱無關。」
瑪荷洛感到很意外，他看向校長。諾亞得到了賦禮，校長卻沒有。這當中存在了什麼樣的法則呢？

「其實我想帶瑪荷洛去那裡。」

校長回望瑪荷洛，他嚇了一跳，差點把正在喝的紅茶灑出來。諾亞的反應比瑪荷洛更快，他怫然作色怒視校長。

「您想叫瑪荷洛做什麼？」

諾亞散發出駭人的壓迫感，瑪荷洛不由得倒抽一口氣。大概是賦禮害他失去母親的緣故，諾亞對這個話題十分敏感。

「之前也說過，齊格飛那邊有人具備獨立魔法……也就是賦禮。我們必須去見祭司，打聽他們得到了什麼樣的賦禮。這麼做也是為了瞭解敵人會使用什麼樣的手段。我不是說過，他們之中有人會使用獸化魔法嗎？那個人多半是雷斯特·布萊爾。這男人從前是魔法團的成員，現在則是一名通緝犯。既然雷斯特站到齊格飛那邊，或許齊格飛同樣擁有賦禮。說不定，齊格飛以外的人也……。為了調查這些事，我才打算去見祭司。」

一聽到齊格飛也有可能獲得賦禮，瑪荷洛頓時臉色慘白。闇魔法的力量既可怕又殘忍，而且還很強大。除了闇魔法外，他還能施展未知的魔法嗎？假如齊格飛得到了獨立魔法，他是不是也失去了什麼重要的東西呢？齊格飛的重要事物是什麼呢？瑪荷洛心亂如麻，十分不安。學校遇擊那天，久別重逢的齊格飛變得跟以前不太一樣。如果說，這是因為得到賦禮，害他失去了某樣事物的緣故……

「這種事校長一個人去辦就行了。為什麼必須帶上瑪荷洛？」諾亞怒沖沖地以手指敲著桌面。

「有傳聞說，祭司可能是光魔法一族的人。我見到的祭司穿著能遮住頭髮與皮膚的服裝，所以無法斷言。不過，他的確是個白皙的男人。我之所以想帶瑪荷洛過去，也是為了確認他是否真為光魔法一族的人。還有一個原因是，我認為他或許會知道齊格飛一行人的逃脫路線。」

校長絲毫不介意諾亞表現出來的不悅態度。反觀坐在旁邊的瑪荷洛都怕得手足無措了。

「——我也想去。」

在劍拔弩張的氣氛當中，奧斯卡突然插嘴道。諾亞傻眼地揚起秀麗的眉毛，校長則訝異地睜圓了雙眼。

「校長，我也想跟去。到時候請讓我同行。」奧斯卡露出興奮的神情，拍著自己的胸口。

「奧斯卡，剛才不是跟你說過嗎？如果得到賦禮，就會失去重要的事物做為代價。」諾亞面露慍色提醒道。

「諾亞，現在又還不確定我能不能得到賦禮呀？沒想到校長竟然沒能獲得賦禮，真教人吃驚。不過，我很想知道，那到底是什麼玩意兒，以及自己能不能被選上。」

諾亞與奧斯卡的目光瞬間交會。奧斯卡不惜失去重要的事物，也要得到賦禮嗎？瑪荷洛原本以為，奧斯卡純粹只是一位溫柔開朗的學長。

「好吧，反正我本來就打算帶幾個人一起去，讓你同行也無妨。只是此行不曉得會發生什麼事，你得自己保護好自己。」

校長似乎沒把奧斯卡的請求視為問題，很乾脆地允許他同行。

要去見森人呀。祭司真的是光魔法一族的人嗎？瑪荷洛覺得這件事很沒真實感，內心七上八下。

「諾亞呢？可以的話，我是很想拜託有經驗的人同行。畢竟我只去過一次而已，對此行也有點不安。」校長面露鬱色。

校長是不是也想得到賦禮呢？是不是精通魔法之後，就會想擁有更特殊的魔法呢？瑪荷洛連簡單的魔法都無法運用自如，這是他無法理解的領域。

「那個地方我不想再去第二次。」諾亞語帶怒意地回答。

也許是因為失去母親一事，對他造成了心理創傷。瑪荷洛摩挲諾亞的肩膀想要安慰他。諾亞像是吃了一驚般轉過頭來，瑪荷洛連忙把手縮回去。剛剛自己的態度是不是顯得很放肆呀？

「我不會強迫你同行啦，因為我明白你的心情。再說我們也不是馬上就出發。要前往那個地方必須取得女王陛下與軍方的許可。最快也得等到二月才能辦完所有手續吧。」

二月是更加寒冷的月份，不過今年是暖冬，而且原本就很溫暖的克里姆森島基本上是不下雪的。今天也是風和日暖的好天氣，前幾天降下的久違白雪也融得差不多了。

說到女王陛下，有件事令瑪荷洛耿耿於懷。被幽禁在軍方設施時，救了瑪荷洛一命的就是現任女王維多莉亞。女王陛下為什麼要解救自己？至今仍是個謎。

「總之你先考慮考慮吧。還有，下週回學校之前，有個人想見瑪荷洛一面。那個男人叫做瓦特·提拉，一直在研究光魔法一族，他說很想跟你見個面聊一聊。如果諾亞不介意的話，後天就可以請他過來這裡一趟，沒關係吧？只不過當天我有事，沒辦法陪同到場。」

校長用試探的口氣對瑪荷洛與諾亞這麼說。瑪荷洛點頭後，諾亞也同意了。

「之後我再提供他的資料給你們。今天就談到這兒吧。回學校之前再來討論瑪荷洛的變身事宜。頭髮改成黑色可以嗎？必須換個不同於原本的形象才行。

或者要改成跟我一樣的粉紅色？」

校長面帶微笑這麼問，瑪荷洛想像自己頂著粉紅色頭髮的模樣後，連忙搖頭表示自己會害臊到走不出去。如果髮色與瞳色一樣都是黑色，應該會變得很不起眼吧？

「那麼，今天就先這樣吧。」

語畢，校長旋即起身回去。奧斯卡一副心不在焉的模樣，緊接在校長之後離開。

「……」

諾亞一臉愁容。他好像不希望瑪荷洛去見祭司與森人。瑪荷洛想知道自己的身世，所以本來是有些期待的。自己真的是光魔法一族的人嗎？只要知道出身，就能過得比現在更自由嗎？腦中閃過一個又一個疑問，使得他更加惶惶不安。

3 悄悄接近的暗影

一如校長那日的預告，到了後天，自稱光魔法一族研究者的男人果真出現在諾亞的別墅。當天是個空氣冷冽，還下著霜的寒冷天氣。太陽被厚雲覆蓋，此刻還是上午，天色卻很灰暗。瓦特・提拉帶著校長給他的文件，在士兵的包圍下來到正門前面。諾亞沒讓他進來屋內，直接在這裡仔細核對身分證與文件。

瓦特是個年約七十幾歲，蓄著及膝的白鬍子與白髮的老人。身披黑色斗篷，臉戴圓框眼鏡。再加上鷹勾鼻與屌斗，外表看起來儼然就是一名研究者。

「很榮幸見到您。我聽說有人可能是光魔法一族，才向戴安娜提出無理的要求。哦哦，你就是瑪荷洛嗎？幸會幸會。」

老人拖著斗篷，將手伸向來到正門口的瑪荷洛。諾亞立即擠到兩人之間，讓打算握手的瑪荷洛遠離那名老人。

「進屋之前我有幾個問題想請教您。聽說您在研究光魔法一族，請問最後一次見到他們，是什麼時候的事了？」

諾亞似乎懷疑老人不是瓦特，仔細地提出各種問題。老人應對如流，一一回答諾亞的問題。瑪荷洛面露微笑，說他真愛操心，諾亞聞言聳了聳肩。

「您的知識真是淵博。看來是本尊。」諾亞展露美麗的微笑，老人也沉穩地點頭。

「──把這老頭身上穿戴的東西全部剝掉。」

突然間，諾亞露出冰冷的目光，抬起下巴對舉槍的士兵們下令。士兵們面面相覷，一副不知所措的模樣。最吃驚的正是瓦特本人。

「有、有什麼問題嗎？我究竟……」老人困惑地搔著白髮。

諾亞冷冷地瞥了他一眼，「我總覺得你很可疑。」

若無其事地講出算不上理由的理由後，諾亞便以眼神催促士兵。其中一名士兵抓著老人的斗篷，準備剝下來。

「哎呀，您這個人真是多疑呢……」

就在老人面露苦笑，張開雙手時──他突然蹲下來，緊接著某個散發微光的東西閃過瑪荷洛的眼前。

「呀啊啊！」包圍老人的其中一名士兵發出慘叫，鮮血噴濺而出。

這名士兵按著脖子，身體向後一彎倒了下去。老人的手上，不知何時握著一把刃長約三十公分的利刀。站在附近的士兵回過神來將槍口對著他，但老人手上的小刀先一步砍斷士兵的手腕。

「咿……！」瑪荷洛倒抽一口涼氣，嚇得往後退，諾亞將手伸向老人。

「別用血弄髒我的屋子。」

撂下這句話後，諾亞的眼睛放出金光。眼前的空間立刻扭曲變形。下個瞬間，老人握著的小刀已彎曲成螺旋狀。老人不悅地咂嘴後，從懷裡掏出手槍準備逃離現場。不過，諾亞同樣讓那把手槍瞬間變形。士兵對老人開槍。槍聲此起彼落，讓人不禁想要摀住耳朵。老人以不符合年齡的敏捷動作，拿士兵當作肉盾，閃躲追兵的攻擊。

「精靈伊格尼斯，回應我的聲音。」

諾亞一隻手搭在瑪荷洛的肩上，冷靜地詠唱咒語。另一隻手不知何時握著法杖，朝著老人噴出火焰。火焰猶如射出去的箭一般凌厲地在空中翻騰，擊中老人的斗篷。火焰在斗篷上蔓延，包覆住老人的身體。

「精靈阿克亞！熄滅火焰！」

這般吶喊後，老人立即取出法杖，製造出漩渦狀的水沫。他想消滅諾亞施展的火魔法，所以施展水魔法與之對抗。看來這老人是一名水魔法師。五大屬性魔法之間存在著相生相剋的關係，照理來說水魔法比火魔法還強才對。然而，諾亞的火魔法威力卻凌駕老人施展的水魔法。未能徹底消滅的火焰籠罩著老人，逐漸燒焦他的身體。

「趁現在！」

士兵們開槍射擊老人的腳。老人倒在草坪上，發出慘叫痛得直打滾。火勢持續增強，甚至形成火柱。

「諾亞學長……！」

火焰纏身的老人令瑪荷洛大受驚嚇，導致他過度換氣，不由得抓著諾亞。因為這恐怖的景象，使他想起了發生在克里姆森島上令人難忘的慘劇。瑪荷洛喘不過氣，站都站不穩。人肉的燒焦味令他想吐。真希望諾亞快點把火滅了。阿爾比昂在腳邊咿咿叫著，好似在擔心瑪荷洛。

「你沒事吧？振作一點。」諾亞放下法杖，扶著瑪荷洛。

接著施展水魔法，滅掉老人身上的火焰。腳被子彈擊中，又受到嚴重的燒傷，那名老人奄奄一息躺在地上。少尉聽到吵鬧聲趕了過來，察看老人的狀態。少尉是這棟別墅的警備負責人，年紀介於四十五到四十九歲，是個身材魁梧的男人。

「還有氣，叫救護班。得從這老頭的嘴裡問出情報才行……唔！」

少尉抓起老人的頭後，倒抽一口涼氣。因為老人的臉皮滑溜地剝了下來，露出一張年輕男人的面孔。原來這個人戴著面具，偽裝成老人。他的臉上有傷痕。瑪荷洛覺得這個男人很眼熟，似乎是襲擊軍事設施的敵人之一。

「竟然能看穿，真不愧是西奧多大人的公子。」

少尉語帶欽佩地稱讚諾亞。瑪荷洛靠在諾亞身上，納悶地暗想：為什麼諾亞能看穿對方呢？文件與應答分明都沒有問題呀。

「就是覺得他很可疑啊。還有，我只是不想讓髒兮兮的老頭進來屋內。除非把他扒光，動用水刑將他徹底洗乾淨，否則休想我放他進來。」

諾亞很乾脆地這麼說。瑪荷洛先是驚呆，而後噗哧一聲笑了出來。之所以能夠看穿冒牌貨，原來只是陰錯陽差歪打正著嗎？見瑪荷洛放鬆下來，諾亞露出一抹得意的笑。

「臉色恢復了呢。你待在裡面吧。提歐，麻煩你了。」

諾亞親吻瑪荷洛的額頭，將他託給一旁的提歐。沒想到襲擊者會假扮成瓦特混進來，瑪荷洛也覺得還是待在屋內等比較安全。

「諾亞少爺，尼可少爺好像會晚點到。」

提歐在諾亞耳邊低語，諾亞點頭回答：「這樣啊。」瑪荷洛在提歐的攙扶下，準備回到屋內。尼可是誰呢？

「諾亞，抱歉。聽說出現了冒牌貨？」

這時校長從負責護衛的士兵之間現身，瑪荷洛隨即回過頭。今天校長一頭黑髮，戴著黑色帽子，披著黑色斗篷，還罕見地戴上眼鏡。一臉歉疚的校長旁邊，站著一名戴著圓框眼鏡、頭髮亂蓬蓬、身材瘦巴巴的男子。他穿著三件式西裝，給人一本正經的印象。從外表看不出年紀，可能四十幾歲吧？

「校長。是啊，就在剛才……您今天不是有事嗎？」

諾亞仔細打量圓框眼鏡男。校長拿出文件，仍在現場的少尉便檢查身分證與文件。

「事情辦完才來的。跑這一趟果然是正確的，沒想到會出現冒牌貨。」

校長一副懊惱的神情，看向被人抬走的冒牌貨。

「看來這位是本尊。」少尉點頭道，接著搜圓框眼鏡男的身。

畢竟有校長陪同，這次真的是本尊吧。圓框眼鏡男張開雙臂，乖乖讓少尉搜身。

「初次見面，你好。我是瓦特・提拉。」

瓦特身上只有一根法杖，沒攜帶任何武器，因此獲准來到諾亞面前。他探頭探腦東張西望，一發現瑪荷洛便渾身發抖，似乎相當感動的樣子。

「你就是瑪荷洛嗎！」

諾亞都還來不及制止，瓦特就已衝向瑪荷洛，使勁抓著他的雙肩。瑪荷洛被他嚇到，結結巴巴地回答：「是、是的。」瓦特聽了之後雙手雙腳都在顫抖。

「太棒了！」瓦特握拳吶喊，一副感動至極的模樣。

諾亞隨即抓著他的後領往後一拉。身材瘦弱的瓦特給諾亞這麼一拽，馬上就跌坐在地。這一跌讓圓框眼鏡飛了出去。

「不要隨便亂碰這小子。你是怎麼回事啊，真像個壞掉的布穀鳥鐘。」

見諾亞以質疑的目光俯視自己，瓦特急忙撿起掉落的圓框眼鏡，戴回臉上。

「對、對、對不起。心情忍不住激動起來……因為我很久沒見到光魔法一族的人了。」

瓦特突然駝著背，誠惶誠恐地偷偷觀察諾亞的臉色。大概是判斷他並非壞人吧，最後諾亞催促瓦特進屋。瑪荷洛一行人從正門進入屋內。

「校長，您怎麼戴起眼鏡了？」

爬上門廳旁邊的階梯時，諾亞疑惑地問道。校長面露苦笑，抬手觸碰眼鏡架。

「今天眼睛有點痛……因為製作魔法藥時不小心失敗了。」

校長按著眼睛，一副感到疼痛的樣子。看來她的眼睛受傷了。諾亞輕輕應了聲「哦——」，率先邁開步伐。瓦特從剛才就頻頻對瑪荷洛投以熱情的目光。他紅著臉目不轉睛地看著，看得瑪荷洛怪不好意思的。

「聽說你是研究者，我還以為年紀要更老一點。剛才的冒牌貨看起來比較像真的。」

爬完階梯後，諾亞摟著瑪荷洛的肩，對走在校長後面的瓦特這麼說。瓦特面露苦笑，搔了搔頭。瑪荷洛忽然發現，阿爾比昂不見了。牠跑哪兒去了呢？

「常有人這麼說。雖然看起來不像，可我確實擁有博士學位……。話說回來，這真是太讓人驚訝了。」

瓦特偷瞄瑪荷洛，踏著欣喜雀躍的步伐。

諾亞領著校長與瓦特進入二樓的會客室。諾亞與瑪荷洛並坐一排，瓦特則坐在對面的沙發上，隨後提歐便按人數準備茶水。由於今天很冷，能喝冒著熱氣的紅茶是很令人開心的事。

「那麼，提拉，關於瑪荷洛的事，我想聽聽你的見解。」

諾亞似乎完全沒打算閒聊，紅茶一送來就催瓦特進入主題。校長沒坐沙發，而是於一旁欣賞陳列在壁爐上的玻璃製品。阿爾比昂汪了一聲，搖著尾巴靠了過來。

「好的。從結論來說，我認為瑪荷洛應該是光魔法一族的人。」

瓦特一副自信滿滿的態度，斬釘截鐵地這麼說。瑪荷洛心情緊張，肩膀挨著坐在旁邊的諾亞。諾亞見狀，抬手撫摸瑪荷洛的頭髮。

「你確定嗎？」

「我以前，應該說是小時候……曾見過光魔法一族的人。那個人與瑪荷洛十分相像。他也是年紀輕輕卻一頭白髮，眼睫毛與汗毛也全是白色的。根據我的調查，光魔法一族的體質讓他們只能生活在暗處。聽說他們一照到陽光皮膚就會發炎，所以很難在太陽底下生活。」

「那個人現在在哪裡？」

得知瓦特見過光魔法一族的人，瑪荷洛忍不住脫口問道。因為他也很想見一見那個人。

「最後一次見面時，他說他們要潛入地下。當時我不明白這是什麼意思……不過，從他的話聽來，光魔法一族正逐漸步向滅亡。像你這樣健康的人應該很罕見吧？即使待在戶外，你也不要緊對不對？」

瓦特興致勃勃地問，瑪荷洛點頭應答。雖然長時間待在陽光強烈的地方會昏倒，但除此之外倒是沒有其他問題。

「關於光魔法一族的事，我想知道得更詳細一點。雖說他們怕太陽，人數為什麼會這麼少？他們應該有因應措施吧？」諾亞蹺著腿問道。

這時阿爾比昂在瑪荷洛的腳邊吼了起來，他趕緊將牠抱到腿上。阿爾比昂一直「唔——唔——」地低吼，像是要表達什麼似的。牠怎麼了呢？

「光魔法一族很特殊。因為，他們的壽命只有十五、六年而已。」

瑪荷洛聞言大吃一驚。壽命……很短？

「所以瑪荷洛是很珍貴的。你今年十八歲對吧？外表看起來也很健康，你與光魔法一族的其他人之間應該有什麼差異才對。我見到的那個人，壽命同樣遠超過這個歲數。他說自己是靠特殊的方法延長壽命的。不過，他沒告訴我是怎樣的方法。」

瓦特從皮革包裡拿出一張手寫筆記。

特殊的方法……瑪荷洛驀地捂著胸口。自己的心臟遭人埋入了石頭。那顆石頭據說是賢者之石，該不會？彷彿受到瑪荷洛的情緒影響一般，阿爾比昂咿咿地叫了起來。

「除了這點外，導致他們衰落的原因似乎還不少。其中之一就是婚姻。他們只能跟同為光魔法一族的人，或是闇魔法一族的人交合……」

「這是什麼意思！」諾亞突然情緒激動，拍桌怒吼。

瓦特嚇了一跳，半站起身，瑪荷洛則嚇到目瞪口呆。

「對對對不起……我說了什麼不該說的話嗎？」

瓦特提心吊膽地偷偷觀察諾亞。只見諾亞鬢邊青筋暴起，咬牙切齒。光魔法一族，只能與同為光魔法一族的人或闇魔法一族的人交合——假如這是真的……瑪荷洛心跳加速，低下頭來。他怕得不敢看諾亞的表情。

「——繼續說。」

諾亞胡亂搔了搔頭髮後催促道。

「不好意思、不好意思，這些資料都是源自那個人的自述以及古籍上的記載，所以無法斷言絕對就是如此喔……呃——另外關於壽命，啊，這剛剛說過了對吧。據說他們擁有特殊的能力，能夠替人治病療傷，聽說這是光魔法的特色。除此之外還能讓時間倒轉或停止，跟死者或神靈對話等等，不過這些全是未經證實的資訊。因為我也沒見過他使用這類能力……兩位用不著全盤相信……」

瓦特的聲音聽得人意識逐漸模糊起來。這些能力瑪荷洛一項都沒有。他不曾做過這種事，也不覺得自己辦得到。他不認為普通人有辦法讓時間停止或倒轉。

「呃——還有……嗯……」

瓦特搖頭晃腦，頻頻推著圓框眼鏡。瑪荷洛忽然感到睡意，依靠在諾亞身上。他聽到了細微的鈴聲。揉揉眼睛抬頭一看，發現校長站在壁爐旁邊，搖著玻璃製的鈴。總覺得好想睡覺。阿爾比昂大口咬著瑪荷洛的手臂，但那股疼痛也逐漸被睡意帶走。

「唔……」

諾亞按著額頭，想要站起來。但是他的腿沒了力氣，整個人再度深陷沙發中。瑪荷洛已睏得睜不開眼睛，身體躺靠在沙發椅背上。

有人抓住瑪荷洛的手臂。

是校長？頭腦完全無法思考。好想睡……

「——防備不夠嚴密啊。」現場突然響起陌生男子的說話聲，緊接著有東西在耳邊爆開。

瑪荷洛嚇了一跳，睜開眼睛一看，發現會客室的窗戶完全敞開，冷風一下子就把瑪荷洛的睡意吹散了。校長摀著耳朵，蹲在瓦特的旁邊。

「咦？咦？咦？」

瑪荷洛慌張地左顧右盼，發現一旁的諾亞搖搖晃晃地想站起來。金髮青年將法杖往旁邊一揮，制止他起身。諾亞因為肩膀被金髮青年摁著，結果又無力地倒回沙發上。

「這是神經性毒氣。你坐著別亂動。」

金髮青年低聲說道。他一揮動法杖，校長就隨之翻倒在地毯上。她所戴的眼鏡破了，露出底下的眼睛。

——有點不對勁。

「她……不是校長！」

瑪荷洛錯愕大叫。原以為是校長的那名女子，外表看上去的確很像，但少了眼鏡後根本就是另一個人。她的眼睛比校長還細，長相看起來很凶悍。

「大、哥……」諾亞對著金髮青年的背影喚道。

這名青年是諾亞的哥哥嗎？男子並未回應喊他大哥的諾亞，而是撲向冒牌校長。冒牌校長迅速躲過青年的踢擊，然後衝到敞開的窗口，毫不猶豫地跳下去。

「慢著！」金髮青年趕到窗邊，往下察看。

接著吹了聲指哨，通知護衛這棟別墅的士兵們有賊人闖入。

「不妙哪……」金髮青年探頭察看樓下，忍不住咂嘴。

「唔……，被擺了一道。手腳都麻痺了……」

諾亞大力甩頭，想讓模糊的意識清醒一點。金髮青年放棄追逐冒牌校長，拿起擱在壁爐上的玻璃容器。容器裡裝著黃色液體，而且還冒出看似蒸氣的氣體。由於窗戶完全敞開，氣體排到外面去了。

「原因就出在這裡吧。待會兒叫人拿去調查。真慶幸自己安排在今天過來。要是時機不湊巧，他就被人劫走了。話說回來，你大意了嗎？真是一點都不像你。」

金髮青年將玻璃容器蓋起來，委託提來的提歐分析液體。瓦特還沒醒來，他以邋遢的姿勢躺在沙發上。

「校長……原來是冒牌貨嗎？」瑪荷洛頭腦昏沉，渾身發抖。

剛才阿爾比昂會那麼吵，就是這個緣故嗎？早知道就認真傾聽阿爾比昂的警告了。

「敵人讓身形與氣質相似的女人假扮成校長。」

諾亞喝下金髮青年給他的醒神酒，好讓意識清醒過來。剛剛專心聽瓦特說話，才會沒發現校長是冒牌貨。瑪荷洛再次仰望解救他們脫離險境的金髮青年。

「你好，瑪荷洛。我是尼可・聖約翰。」

自稱尼可的金髮青年露出和氣的笑容。諾亞甩了甩昏沉的腦袋補充道：「他是我大哥。」尼可的個子跟諾亞差不多高，軍服底下是一副健壯的肉體。他摘下帽子將手遞向瑪荷洛，於是瑪荷洛握住他的手。尼可的髮色與諾亞不同，兩人長得也不太像。他有著神似父親的英俊容貌，澄澈的碧色眼眸流露著理性與知性，令人印象深刻。

「您好……不好意思，剛才承蒙您搭救了。」瑪荷洛趕緊站起來，低頭行禮。

「你不要緊嗎？諾亞和那個人都還爬不起來呢。」

尼可吃驚地觀察瑪荷洛。頭是有點昏，但手腳並未麻痺。而且吸到新鮮空氣後，意識就逐漸清晰起來。

「好像是。我不要緊的。」瑪荷洛活動一下手腳後點頭回答。

「頭好暈……」

坐在旁邊的諾亞大概是藥效還沒完全消退吧，整個人懨懨的。尼可面露苦笑，揹起諾亞。

「這小子從以前就對毒氣類的攻擊很沒轍。我扶他到床上休息，瓦特就拜託你了。放心，他是本尊。提歐，麻煩你跟在瑪荷洛身邊。」

尼可俐落地下完指示後，就扶著渾身無力的諾亞離開了。瑪荷洛頭一次看到諾亞虛弱無力的模樣。他不要緊吧？

「他們的感情……很好呢。」

瑪荷洛看著那對兄弟離去的門口，這般詢問提歐。提歐將醒神酒灌進瓦特的嘴裡，然後面帶微笑答道。

「諾亞少爺與父親不和，但跟尼可少爺這位大哥很親。尼可少爺是值得信賴的好人喔。他是火魔法高手，此外還是魔法團的成員。」

諾亞的哥哥今年二十七歲，在軍方內部似乎也是備受期待的年輕精銳。

「唔唔唔，我、我怎麼了……」

瓦特終於醒來了。

不曉得是不是醒神酒太烈，他的臉變得紅通通的。雖然意識清醒了，但他說手腳發麻，整個人還是綿軟無力。光是今天就遭到兩次襲擊，瑪荷洛實在很不安。那位冒牌校長打算帶走瑪荷洛。要是尼可沒趕來，結果會是如何呢？

齊格飛仍未放棄瑪荷洛。

瑪荷洛深深覺得自己淨是給周遭添麻煩，心情不由得消沉沮喪。

瓦特的手腳依然麻痺，到了晚餐時間仍躺在客房裡。為防萬一，今晚他要留宿在這裡。送晚餐過去時，躺在床上的他一見到瑪荷洛，立刻提出一大堆問題。看來就算身體行動不便，頭腦也沒因此停擺。

「你不知道自己的身世啊？真可惜，我很想瞭解光魔法一族的生活呢。」

瓦特躺著在紙上寫筆記，嘴裡咕噥著。

光魔法一族存在許多未解之謎，除了先前聽到的說明，便無其他有用的資訊了。瓦特也聽說過克里姆森島的森人，但他進行了兩次調查都沒見到森人，食物吃完後只能無功而返。森人究竟是怎樣的人呢？他們的確是定居在這座島上吧，但要見他們似乎非常困難。有人認為也許是某種特殊的力量在作祟，所以某些人見得到他們，某些人則見不到他們。

諾亞尚未恢復，因此晚餐沒跟瑪荷洛一起吃。醫師掛保證說，冒牌校長釋放的神經性毒氣並不會留下後遺症，所以只要休息一段時間就能恢復活力吧。

瑪荷洛與尼可共進晚餐，邊吃邊聽他說諾亞的事。尼可的金髮，據說是遺傳自已故的母親。

「那小子會把某個人放在心上，是一件非常罕見的事。我對你可是寄予厚望喔。我弟雖然能力強，各方面都高人一等，但身為一個人卻有許多缺陷。最要命的是他還重度孤僻。不過，因為那副容貌的關係，依然有許多人接近他、追求他。小時候我還得充當他的護花使者。」

尼可始終面帶微笑，主動與瑪荷洛交談。他跟諾亞相反，給人的印象很不錯。

「可是，像我這樣的人待在學長身邊……真的沒關係嗎？我現在受到軍方的監控……」

瑪荷洛懷著不知所措的心情吃著沙拉。

「說來奇怪，我父親在許多方面上也對那小子死心了。諾亞年紀還小時，父親把他視為聖約翰家的一分子，打算讓他與同族的女性訂婚，也想教會他家族的規矩。但是，你也知道他就是那種個性，而且還擁有那樣的能力。一不順心就什麼都燒，任何武器也……啊，我是不是不該透露這件事呀？」尼可用試探的眼神看著瑪荷洛。

「您是指獨立魔法嗎？」

「對。原來你已經聽說了呀？他真的很信任你呢。既然這樣，我就可以放心說了。沒錯，那個獨立魔法非常麻煩。硬要教育他的人全都遭到了報復。現在的諾亞已經算很安分了。以前人家都說他是惡魔再世，或是聖約翰家的禁忌之子。」

「這、這樣啊……」這樣的評價太過惡毒，聽得瑪荷洛只能乾笑以對。

「他唯一肯聽的，就是我這個大哥的話，所以他現在也還是聖約翰家的一分子。不消說，假如你是女性，而且想跟諾亞結婚的話，肯定會轟動整個家族，鬧得天翻地覆吧，幸好你是男人。只要諾亞幸福，我覺得維持現狀也無所謂。」

見尼可說得乾脆爽快，瑪荷洛感到困窘而低下頭來。看樣子尼可也知道諾亞與自己的關係了。慶幸的是他沒要求自己別接近諾亞，但瓦特所說的話仍在瑪荷洛腦中揮之不去。如果瓦特所言屬實，瑪荷洛與諾亞就沒辦法真正的結合。

「希望你待會兒能去房間看看他。那小子的心情一定很低落吧。」

尼可命人再拿葡萄酒過來，一隻眼睛衝瑪荷洛眨了一下。他的左手無名指上戴著戒指，閃爍著晶燦光芒。看來尼可已經結婚了。

瑪荷洛點頭回答：「好的。」

用完餐後，瑪荷洛將主廚做的三明治放到盤子上，端去諾亞的房間。敲了門，聽到裡頭傳來應門聲，他才輕輕打開房門。

諾亞正躺在床上。

「諾亞學長，你要不要緊？」

將放著三明治與紅茶的托盤擺到床邊櫃後，瑪荷洛探頭察看諾亞。

「糟透了。」

諾亞以手臂遮住臉孔，有氣無力地回答。看到平時態度高傲的諾亞無精打采，瑪荷洛非常擔心。他跪在床邊，想與諾亞平視。諾亞注意到後放下手臂，直盯著瑪荷洛。

「我很厭惡我自己。剛才竟然沒保護好你。如果大哥沒來，你早就被擄走了。」

諾亞以平板的聲調喃喃地說。

「這不是諾亞學長的錯……。況且大家都平安無事，那就沒問題了。」

為了讓諾亞打起精神，瑪荷洛面帶笑容如此安慰道。但是諾亞的表情並未變得開朗，依舊深陷在後悔之中。

「換作平常，我一定會發現那女人是冒牌貨。都是因為那個捲毛研究者說……你和我無法結合，我才會失去冷靜。」諾亞皺著眉頭說。

瑪荷洛一顆心揪了起來，暗想：諾亞果然也很介意那件事。之前與諾亞發生肌膚之親時，因為在最後一步出現魔法屏障，導致他們無法合而為一。當時氣憤的諾亞認為那是齊格飛施下的魔法，但原因或許出在瑪荷洛是光魔法一族的人。

「我並不認為非得進入體內才算是做愛。」

諾亞一副慵慵的神情坐起上半身。深褐色髮絲自肩膀散垂而下。見瑪荷洛仰望著自己，諾亞伸手觸碰他的臉頰。

「但是一想到這輩子可能都無法與你合而為一，我就絕望了。」

諾亞將瑪荷洛的身子攬向自己。瑪荷洛欠身讓諾亞抱著，脖頸感受到對方吐出的氣息。他坐到床上，身子挨近諾亞，並將溫暖的手臂繞到背後。

「諾亞學長……」

「那小子……齊格飛能夠徹底占有你吧……我覺得自己輸給他了。」諾亞以聽似痛苦的語氣在耳邊低語。

如果瓦特所言屬實，瑪荷洛與齊格飛是能夠交合的。難道這也是收留瑪荷洛住在齊格飛家的原因之一嗎？與齊格飛進行，自己與諾亞做過的行為——瑪荷洛試著想像那幅情景，忍不住打了個寒顫。

「諾亞學……」

「問你個問題——假設大海上有塊只夠讓一個人浮起的木板，若是自己抱住木板，所愛之人就會溺死。但把木板讓給對方，自己就會沉下去。如果是你會怎麼做？」

諾亞執起一束瑪荷洛的頭髮，如此問道。

「我沒辦法對所愛之人見死不救。我會把木板讓給他。」

瑪荷洛毫不猶豫地回答，諾亞聞言露出冷笑。

「你就是這樣的人吧。」諾亞親吻瑪荷洛的頭髮，一副鬱鬱不樂的神情抱緊瑪荷洛。

「我大概會選擇，與對方一起沉下去。我無法忍受自己死了留對方獨活，但對方死了我一定也活不下去。瑪荷洛，我——很怕我自己。」

諾亞突然壓低聲音，抱住瑪荷洛的那雙手加重力道。

「當時我想，與其被那小子搶走，不如把你殺了。」

聽到這番令人不寒而慄的激進言論，瑪荷洛一時間說不出話來。諾亞的激烈情感好似要將他的心燃燒殆盡。發覺瑪荷洛畏怯地瑟縮著身子，諾亞便神情痛苦地放開他。

「我都不曉得，自己的內心竟存在著這麼可怕的情感。看來我比自己所想的還要迷戀你。」

諾亞那雙美如寶石的眼眸直盯著瑪荷洛。見識到諾亞那份令人害怕的激情，瑪荷洛不禁心跳加速。覺得可怕的同時，胸口也熱了起來。這是為什麼呢？他並不討厭諾亞的熾烈情感。諾亞確實有著危險的一面，但那也是諾亞這男人的魅力。簡直就像是火魔法。那份激情猶如火魔法的火焰，要灼燒瑪荷洛的身與心。

而且，他注意到了。

諾亞與齊格飛很像。兩人有著相同的本質。

「諾亞學長……，我待在你的身邊，是不是給你帶來痛苦了？」

瑪荷洛忍不住脫口問道。他很擔心，自己是不是給諾亞的內心造成了負擔。

「傻瓜。我的意思是，跟你分開更加痛苦啦。」諾亞放鬆緊繃的表情，露出淡淡的笑容。

「不小心說了沒必要說的話哪。忘了吧。我只是因為被侵入者擺了一道，內心受到打擊而已。這次的事讓我醒悟了。靠我一個人保護你是很困難的。為了保護你，凡是能利用的東西我都會善加利用。下次遇到那個冒牌校長，我一定要宰了她。」諾亞拿起一個瑪荷洛帶來的三明治，邊吃邊激動地說。

看他恢復成平常的模樣，瑪荷洛鬆了一口氣。

（諾亞學長……）

瑪荷洛凝視著啜飲紅茶的諾亞，發覺自己萌生出前所未有的情感。平常總是高傲強勢的諾亞竟然示弱，這件事給瑪荷洛的內心帶來不小的震撼。他想幫助諾亞，也想安慰諾亞。雖然瑪荷洛不認為自己能成為諾亞的助力，但他同樣有著想與對方在一起的心情。想當初諾亞第一次叫住他時，他只覺得諾亞是位可怕的學長呢。

進入羅恩軍官學校後，自己變了很多。住在齊格飛家的期間，瑪荷洛能見到的人很有限，而且跟他要好的人大多都被齊格飛趕走。他被養在封閉的世界裡，只為齊格飛一人而活。現在——他在諾亞的身邊見識嶄新的世界。

齊格飛能不能放棄自己呢？能不能體諒自己想繼續留在這裡的心情呢？瑪荷洛懷著些微的希望，將這份情感收進心底。

幾天後，正牌校長造訪諾亞的別墅，慰問瑪荷洛他們。從軍方那兒得知這裡出現冒充她的人時，似乎把她嚇出一身冷汗。校長鬆了口氣說，幸好沒釀成大禍。

「竟敢假扮成我呀。以後要是覺得可疑，不妨叫我施展魔法。冒牌貨應該沒辦法連我的華麗魔法都模仿得了吧。」

校長今天一頭藍髮，穿著黑色皮革外套，搭配黑色緊身皮褲。據校長表示，瓦特是個足不出戶的人，平時都窩在研究室裡，也鮮少出席學會。所以敵人也掌握不到瓦特的資料，冒牌瓦特才會裝扮成很像研究者的白髮老人吧。遭到逮捕的冒牌瓦特後來接受軍方的審問，但好像沒得到什麼了不起的情報。假扮成校長的女人，最終還是讓她逃走了。

「那麼，來談談明天回歸學校的事吧。瑪荷洛，你要化身為我的隨從。麻煩你到那邊站一下。」

瑪荷洛聽從指示，站在會客室的大幅畫作前面。在諾亞、提歐與阿爾比昂的注視下，校長繞著瑪荷洛邊走邊轉動法杖。瑪荷洛剛覺得麻麻刺刺的，一轉眼白髮就變成黑髮，並且一直長到背後。至於身體反而縮小，身高只有諾亞的一半。

「哇——！」

瑪荷洛吃了一驚，揮動自己的小手。視線變得很低，要仰望諾亞實在很吃力。身上的衣服顯得很大件，鞋子也變得鬆鬆的。

「外表變成這樣如何？年紀大約是十歲吧。嗯，身分就設定為我的姪子，而且不會說話。另外，平時要戴著這個。」

校長俯視瑪荷洛，遞出一張面具。那是一張十分單調的白色橢圓形面具，兩隻眼睛、鼻子與嘴巴的位置各開了一個洞。收下戴上後，面具就黏在臉上拿不下來。

「哇——！」

見瑪荷洛著急地伸出雙手，諾亞牢牢抓住他的手。

「您把這小子的特色全奪走了哪。」諾亞抱起瑪荷洛，一副恨得牙癢癢的語氣這麼說。

「這也沒辦法呀，畢竟我們不曉得哪裡有勾結齊格飛的傢伙。順帶一提，只要摘下面具，魔法就會全部解除，但能夠解除魔法的只有我而已，想摘面具時再跟我說一聲。」

校長豎起大拇指，一隻眼睛衝瑪荷洛眨了一下。

「諾亞，我先提醒你。身為校長，我得阻止不純潔的同性交往在校內發生，但不禁止就是了喔。總之，我會大肆阻撓你們的。面對這副模樣，你應該也做不出下流的舉動吧？」

連校長都知道他們的關係了嗎？瑪荷洛藏在面具下的那張臉頓時漲紅。

「哈。您以為對象是小孩子我就不會下手了嗎？管他戴著面具或是小孩模樣，想做的時候當然還是會下手吧。」

聽到諾亞滿不在乎地這麼說，瑪荷洛驚嚇過度，整個人往後仰，差點就摔下去了。校長與提歐也是一個頭兩個大。

「諾亞學長是變態……」瑪荷洛臉色發青，喃喃嘟噥。

「諾亞少爺，請別做出會遭人指指點點的事。」提歐也雙手合十，一副心驚膽顫的模樣乞求道。

「抱歉，我得把阿爾比昂收起來才行。畢竟有牠在，會暴露瑪荷洛的身分。」

像是已轉換心情一般，校長將手中的法杖指向阿爾比昂。阿爾比昂立刻跳起來，逃到房間角落，發出讓人聽了不忍心的嗚嗚叫聲。

「哎呀，看來這隻使魔已經很親近瑪荷洛了呢。你想保護他嗎？真拿你沒辦法，不然幫你換個模樣吧。」

校長拿法杖在阿爾比昂頭上敲了敲。下一刻便騰起煙霧，一隻白色博美犬出現在眾人眼前。

「嗯——不管怎麼變都是小型犬呢。怎麼會這樣呢？魔力分明很強呀。難道是因為瑪荷洛的秉性，不管到哪兒都是小型犬嗎？」

校長抱著胳膊苦笑。阿爾比昂發出尖銳的汪汪叫聲，在諾亞的腳邊團團轉。

「算了。諾亞，以後在校內可別不小心跟瑪荷洛說話喔？因為你一主動與他攀談，便非常引人注意。若要避免敵人發現他的真實身分，你就得狠下心來遠離瑪荷洛。他會一直待在我身邊，不用擔心。」

校長將手伸進瑪荷洛的腋下，要將他從諾亞手中搶回來。諾亞心頭火起，將瑪荷洛抱得更緊，怒瞪著校長。

「那您說，我該在哪裡將沒有他的時光補回來？如果一定要我們分開，我希望週末能在我房裡度過。否則我就鬧給您看。」

「你是小孩子嗎？」諾亞的任性要求，讓校長忍無可忍。

「要是那麼常待在你房裡，馬上就會露餡吧。一個月一次的話，倒是可以准許你們單獨見面。」

「看來校長希望我成為第二個齊格飛。」諾亞露出一抹不屑的笑。

「……你這小少爺真的很教人傷腦筋耶！最多兩週一次，不能再討價還價了。至於見面的地點，我想想……你們進過不開放的房間吧？」

校長像是突然想起來般這麼問道，瑪荷洛與諾亞面面相覷。之前為了獲得齊格飛的消息，瑪荷洛曾不小心闖進位在圖書館館員室裡的不開放的房間。

「前陣子調查時我發現了你們闖入的痕跡。如果在那裡見面，應該就不會被任何人發現吧。這樣如何？」

諾亞輕敲瑪荷洛的面具，點頭回答：「我就讓步吧。」

「不過，到時候麻煩把這張面具摘下來。否則連要接吻都沒辦法。」諾亞隔著面具與瑪荷洛額頭相抵，唉聲嘆氣道。

「好好好。那就這樣吧，至於瑪荷洛我就直接帶走囉。」

校長從諾亞的手中奪下瑪荷洛，將他挾抱在腰側。瑪荷洛覺得自己好像變成一件行李了。

「不是明天才走嗎？我還沒好好享受最後的時光。」

諾亞一臉錯愕地拉住瑪荷洛的小胳膊。

「不好意思，這是軍方的命令。那麼，諾亞、提歐，明天學校見。」

校長面露賊笑，直接帶著挾抱在腰側的瑪荷洛走出房間。

阿爾比昂拚了命地邁著小短腿跟上來。瑪荷洛回頭看向哭喪著臉的諾亞。

由於臉上戴著面具，諾亞看不出瑪荷洛是怎樣的表情吧。

瑪荷洛在心中對諾亞說「我也覺得很寂寞」，賣力地向他揮手道別。

4 在羅恩軍官學校的生活

離開諾亞的別墅後，瑪荷洛與校長搭上停在正前方的馬車，那是諾亞家的馬車，據說會將他們送到港口。由於校長謝絕送行，現場只有管家一人。離開關照自己的諾亞家後，瑪荷洛心裡有些不踏實，視野裡的每樣東西看起來都很大。

十歲的時候就是這種感覺嗎？瑪荷洛覺得自己無依無靠，內心忐忑不安，深刻體認到諾亞的存在對自己有多重要。因為諾亞是個充滿自信的人，只要待在他身邊，心裡就很踏實。

瑪荷洛坐在顛簸的馬車內，撫摸著趴在腿上的阿爾比昂。阿爾比昂也感應到瑪荷洛的情緒吧，牠一副難過的樣子發出「嗚——」的叫聲。瑪荷洛的行李只有阿爾比昂而已。因為有可能暴露身分，他的私人物品全都留在諾亞的別墅裡。

「因為你戴著面具，看不出來現在是什麼表情，不過你放心，我會竭盡全力保護你的。」校長把手擱在瑪荷洛的頭上這麼說。

大概是因為阿爾比昂一副難過的模樣，她推測瑪荷洛也很難過吧。

「老是給您添麻煩，對不起。」瑪荷洛再一次低頭道歉。

他激勵自己，必須變得更堅強一點才行。畢竟諾亞與校長都費盡心機、想盡辦法幫助瑪荷洛了。瑪荷洛當前該做的事，就是別讓任何人發現自己的真實身分。

馬車沿著公路徑直前進。包括中途的休息時間在內，他們大約花了五個小時，才來到距離克里姆森島最近的港口。抵達港口時，定期船就停靠在那裡，他們要搭乘這艘船，前往克里姆森島。

「最近有沒有發生什麼不尋常的狀況？」

上了船後，校長找船長打聽消息。

這是一艘大約可載五十人的鐵船，為軍方的所有物，用來運送士兵與物資。校長似乎認識身為船長的少尉。站在甲板上的船員身穿灰色軍服，肩上掛著長槍。提早返校的學生約有十七名，每個人都提著大行李箱。他們看到待在校長身邊的瑪荷洛與阿爾比昂，皆露出納悶似的表情。想到自己再也不能跟他們說話，瑪荷洛就有些落寞。

「沒有異狀。明天會有許多軍官學校的學生回來吧。我們也忙得不可開交。」

船長瞄了瑪荷洛一眼。

「這是我姪子，名叫吉爾。他擁有很強大的魔力，我打算讓他擔任隨從協助我工作。」

校長摟著瑪荷洛的肩膀，露出和氣的微笑。吉爾是自己的假名嗎？

「這樣啊。為什麼要戴面具？」船長俯視瑪荷洛，語帶疑惑地問。

「這孩子的家裡規定，成年之前都得戴著面具。」

校長講了一個令人失笑的理由。本來以為對方不會相信這種鬼話，沒想到船長卻點頭說：「原來如此。」看來就算是離譜的理由，只要出自權威人士之口，一般人都會深信不疑。

船像是用滑的，航行於海面上，花了約兩個小時抵達克里姆森島。學生們下了船後，一個接著一個拖著行李箱走過棧橋。校長背著一個肩背包，牽著瑪荷洛的手邁開步伐。

「抱歉，在舟車勞頓之際提起這件事，不過我想你應該也很在意發生慘案的地方吧？要不要先過去看看？」校長從肩背包裡取出一根長約三十公分的棒子問道。

念完咒語，往空中一丟，棒子就變成了掃帚。

「上來吧。」校長騎上掃帚，催促瑪荷洛。

他提心吊膽地抓著校長的背騎上去後，掃帚便輕飄飄地浮起來。阿爾比昂趕緊蹬地一跳，趴在瑪荷洛頭上。

「咿……！」

用不著助跑，掃帚便以驚人的速度飛上空中。轉眼間就追過學生們，飛到羅恩軍官學校的建築物上空。這掃帚就算要恭維也很難說是舒適的椅子，瑪荷洛抱緊校長的腰，努力忍受掃帚的行進速度。騎掃帚飛行聽說需要風魔法與雷魔法的力量。瑪荷洛問校長為什麼要選擇掃帚，而不是其他更舒適的交通工具，校長便以曉諭的口吻回答他，要顛覆自古以來的印象並非易事。

「你看，湖邊的警備增強了。站在那邊的是魔法團的精英們。」

校長在上空盤旋，俯瞰湖泊。湖泊周圍除了士兵，還看得到應當是魔法團軍人的人物。魔法團軍人的制服不一樣，因此一眼就能分辨出來。士兵穿的是卡其色制服，反觀魔法團軍人穿的是白底加上金色裝飾的華麗制服。其中一人發現兩人的身影，立即向他們敬禮，校長見狀也仿照他的動作回禮。

瑪荷洛戰戰兢兢地察看下方。齊格飛知道克里姆森島的湖底藏著魔法石，並且企圖奪走這些魔法石。在齊格飛襲擊這座島時遭到破壞的樹林，至今仍殘留著鮮明的戰鬥痕跡。

「從上面俯瞰，就能發現你經過的路線。」

經校長這麼一說，瑪荷洛也注意到了。當時瑪荷洛就像一團光，渾身發熱，一路上燃燒草木、破壞岩石，最後逃進洞窟裡。雖然已過了兩個月，瑪荷洛行經之處依舊是一片焦黑。

校長飛上高空，讓瑪荷洛從更高的位置鳥瞰整座島。島的東邊是一片深綠色，現在分明是冬季，那片森林卻蒼鬱蔥翠。羅恩軍官學校附近的樹林葉片都凋落了，也幾乎看不到花朵，但占這座島三分之二的東邊禁入區卻宛如亞熱帶地區一般綠意盎然。

「這是克里姆森島的其中一個謎團。那一帶即使下雪，雪也絕對不會堆積，馬上就融化了。也有傳聞說那邊的地熱溫度很高。」

東邊有高大的樹木與山岳。森人住在哪個地方呢？

「其實這裡存在著魔法屏障。」

校長飛越過湖泊，朝森林中央接近。然而來到某個地點後，就再也沒辦法前進了。

「要見能授予賦禮的祭司，必須辦理諸多手續，現在你明白原因了嗎？這道魔法屏障無論使用何種魔法都打不破。瓦特說，這是古代就存在的特殊防護罩。想進入森林，必須獲得特殊的許可。」

校長改變掃帚的行進方向，前往羅恩軍官學校的校舍。

「請問，齊格少爺他們，會不會是騎著掃帚逃走的呢？」

瑪荷洛抓抱著校長的腰，說出突然想到的假設。西奧多說，軍方找不到齊格飛一行人的逃脫路線，不過他們之中有人會使用魔法。齊格飛他們會不會是騎掃帚渡海呢？

「你以為這裡距離陸地有幾公里，沒有魔法師能夠騎著掃帚離開這座島，飛到某一塊陸地上啦。啊，假如魔力量跟你差不多說不定能辦到？不過，還是不可能吧。一般人沒辦法騎那麼久啦，因為專注力很難維持那麼長的時間。」校長笑著說明。

一般而言，騎掃帚沒辦法飛得太遠，十公里就是極限了。本來以為這是個好點子，瑪荷洛不禁感到洩氣。

「還有，瑪荷洛，我知道你的經歷，所以不會強迫你，只是能不能請你別再以少爺來稱呼齊格飛呢？他是殺害許多人的罪犯，希望你把他當作敵人看待。」

聽到校長用為難的語氣這麼說，瑪荷洛不由得低下頭來。他還沒辦法直呼齊格飛的名字。校長回到校舍附近，緩慢地下降。腳踩到地面後，瑪荷洛這才安心地從掃帚上下來，整個人搖搖晃晃的。

「那麼，關於你的住處，從今天起你就跟我同住一個屋簷下吧。哎呀，放心，我跟諾亞不同，不會偷襲你的。」

將掃帚收好後，校長轉身背對校舍。瑪荷洛趕緊追上去。大概是身體縮小的關係，他必須疾走才跟得上校長。

校長住在距離校舍約一百公尺的教員宿舍。教員宿舍為橫向狹長的公寓型木造建築，各個屋子都有獨立的大門。校長住在一樓最裡面的屋子，大門前有十隻身軀柔韌的黑色羅威那犬。羅威那犬一看到校長回家就興奮地吠起來。阿爾比昂渾身發抖，躲在瑪荷洛的雙腳之間。那群羅威那犬包圍阿爾比昂，嗅著牠的全身。

「辛苦了。看來我不在家的期間沒有異狀呢。」

校長撫摸每一隻羅威那犬，將牠們收起來。羅威那犬是校長的使魔。大概是任務結束了吧，牠們隨著煙霧消失了。除了瑪荷洛以外，大家都能隨心所欲地讓使魔出現或消失。由於使魔會吸取主人的生氣，沒必要時還是收起來比較不會造成負擔。

「請問，我的阿爾比昂是不是最好也要收起來呢？」瑪荷洛俯視在腳邊汪汪叫著的阿爾比昂，這般詢問校長。

「不用，畢竟不曉得會出現怎樣的敵人，況且使魔也是一種有效的通訊手段，你就放著別管吧。即便你身在遠處，只要有阿爾比昂就能跟你聯絡。」校長邊開門邊說明，瑪荷洛聞言發出一聲驚嘆，望向自己的腳邊。

「請進。」校長領著瑪荷洛進入屋內。

這間宿舍劃分成兩個空間，分別是與廚房合併的寬敞客廳以及臥室。校長平常似乎會做菜，廚房裡有烤箱，還有收納湯鍋、平底鍋、盤子的櫥櫃。臥室裡擺著兩張事先準備好的床鋪。

「我幫你設定成一進入這間屋子，面具就能摘下來吧。要是連臉都不能洗，那也太折磨人了。」語畢，校長拿法杖敲了一下瑪荷洛的面具。

瑪荷洛抬手一碰，便輕而易舉地將面具摘下來。雖然面具摘下來了，體型卻沒改變，頭髮也仍是黑色的。

「本來男女同住一室是很不成體統的，但你現在是十歲小孩子，所以沒問題吧。不過就算是原本的模樣，我也很難想像你推倒女人的畫面就是了。」

聽到校長爽快地這麼說，瑪荷洛相當沮喪。不被當成男人看待，是不是代表自己太沒出息呢？過去自己不僅沒有喜歡的女生，也鮮少有過性幻想……難道原因就出在這裡嗎？以這個年紀的男人來說，或許是有點奇怪吧。

「啊啊，抱歉，我說得過分了點。不過，你不像男人也是沒辦法的事。聽說光魔法一族的人全是這種感覺。」校長點火燒開水，接著從櫥櫃拿出餅乾罐笑道。

「什麼……？」瑪荷洛吃驚地瞪圓了眼睛。

「我向瓦特借閱了有關光魔法一族的文獻。當中有篇文章提到，光魔法一族的男女並無性別差異。這點或許跟壽命不長、只能在地下生活有關。瓦特認為，他們與其說是人類，更像是接近精靈的存在。」

瑪荷洛目瞪口呆地望著校長。他好像聽到了非常重要的資訊……

「光魔法一族只能與自己的族人或是闇魔法一族交合，這件事你聽說了嗎？原本以為諾亞得知這件事後可能會改變態度，但他看起來依然如故呢。看樣子諾亞是愛你的。我是看著那孩子長大的，所以非常驚訝。本來以為他一輩子都不會懂愛人之心呢。」

校長面露微笑，用煮沸的水泡兩人份的紅茶。

「愛……」瑪荷洛臉頰泛紅，坐到椅子上。一坐上椅子，他的腳就搆不到地板了。瑪荷洛喝著散發茉莉花香的紅茶，捏起一片放在碟子上的餅乾。校長凝視著瑪荷洛，那眼神彷彿是在看著孫子一般。

「愛會改變一個人喔。你呢？」

餅乾在嘴裡逐漸化開。瑪荷洛搞不清楚自己的感情，耷拉著腦袋。

「我喜歡諾亞學長……但是，我不曉得那是不是愛。」

瑪荷洛坦白說出自己的真實想法，校長聽了之後笑得很爽朗。

「請問……大家都把諾亞學長說得像個壞掉的人，他會變得如此，是因為得到賦禮的緣故嗎？是不是因為，母親的事令他大受打擊？」瑪荷洛問起之前就很好奇的事。

他猜想，可能是失去母親的打擊，導致諾亞成了一個情感有缺陷的人。

「我們第一次見面，是在他十三歲的時候，所以我不曉得他是何時變成那樣的。說不定是那段經驗對他造成了心理創傷。」

「諾亞學長的哥哥也得到了賦禮嗎？」瑪荷洛不經意地問道。

他想，既然諾亞是被父親帶去找祭司的，尼可應該也同樣去過那個地方吧。沒想到校長聞言卻收起臉上的表情，片刻之後她皺起眉頭，一副為難的模樣。

「別在諾亞面前提起這件事喔？尼可並未得到賦禮。出於某個緣故，西奧多只帶諾亞去過那個地方。」校長壓低聲音吐露令人意外的事實。

只有諾亞被父親帶去找祭司？瑪荷洛一臉愣怔，不明白這是為什麼。諾亞的父親只想讓他獲得特殊的力量嗎？是因為父親看出諾亞具備資質嗎？瑪荷洛完全不懂，為何西奧多明知道會失去重要事物，依舊要讓諾亞獲得賦禮，但因為校長擺出「別再繼續問下去」的態度，瑪荷洛只好閉口不語。

「話說回來，我想拜託你管理香草田。」

吃完餅乾後，校長挪動椅子發出磨地聲，起身走到窗邊。教員宿舍的後方是一片香草田，栽種著薄荷、百里香與奧勒岡。瑪荷洛住在鮑德溫家時，照料過庭園的花草樹木，所以具備植物方面的知識。

「那是用來製作魔法藥的香草。因為田裡有各式各樣的植物，你可以查閱放在這裡的書籍。」校長從書架的一角取出有關香草的書籍。

「我不在身邊的時候，使魔會保護你。有什麼事就跟使魔說說看，我也會接收到你的訊息。」

校長拿出法杖，喚出兩隻羅威那犬。那兩隻狗先是嗅了嗅瑪荷洛與阿爾比昂，之後就趴在地上。阿爾比昂一直在發抖，不知道是不是怕羅威那犬。

「雖然剛才說把阿爾比昂放出來比較好，我還是先教你如何收起來與放出來吧。」

校長拿著法杖，露出和藹的笑容。瑪荷洛頓時雙眼發亮，從椅子上下來。

「可是我沒有法杖。」

「如果是你，不用法杖也沒關係。先用指尖敲兩下阿爾比昂的頭，然後對牠說：『使魔啊，辛苦你了。回到我體內。』用不著完全照我說的去下指令，只要講出能讓使魔覺得必須回去的話就行了。」

瑪荷洛依照校長的指導，先用指尖敲兩下阿爾比昂的頭，然後複述同一句話。結果下一刻就騰起煙霧，阿爾比昂消失不見了。

「阿爾比昂現在就在我的身體裡面嗎？」有股奇妙的感覺，瑪荷洛不知所措，轉頭詢問校長。

「沒錯。要叫牠出來時，就說：『使魔阿爾比昂，速來此地。』」

瑪荷洛對著空氣伸出手說：「使魔阿爾比昂，速來此地。」下個瞬間，阿爾比昂就不知從哪兒冒了出來，一副很開心的樣子搖著尾巴。

「使魔辦得到的事，交給使魔去做可以節省魔力喔。大家平常不放使魔出來，是因為這段期間相當於在儲存魔力。一般人的魔力不如你多，這麼做的話負擔比較輕。不過，因為你的魔力量相當驚人，不把使魔收回去反而可以防止力量失控。」

聽完校長的說明後，瑪荷洛總算明白了。

總之，在克里姆森島的生活再度開始了。

雖然不知道接下來會面臨什麼狀況，瑪荷洛衷心期盼未來能往好的方向發展。

一月中旬，學生返回羅恩軍官學校，再度展開校園生活。

瑪荷洛平常負責處理校長交代的雜事，閒暇時就照料香草田。以戴著面具的孩童模樣走在校園內似乎很引人注目，學生與教師都用異樣的眼光看他。瑪荷洛聽從校長的建議，身穿長到會拖地的黑色連身袍，頭戴黑色尖角帽。

聽說古代的魔法師就是這副打扮。來到校舍時偶爾會發現札克的身影。由於札克並不曉得瑪荷洛化身成小孩子，他完全沒注意到對方的存在。瑪荷洛想跟他講話，但想到自己得隱瞞身分才能待在這裡，最終只得忍耐。

諾亞偶爾會以有話想說的眼神望著瑪荷洛。由於諾亞少爺親衛隊總是簇擁著他，瑪荷洛只要聽到尖叫聲與歡聲，馬上就知道他在哪裡。諾亞遵守與校長之間的約定，並未主動過來跟瑪荷洛說話。

問題是奧斯卡。

還不曉得瑪荷洛的真實身分時，奧斯卡曾興高采烈地跑來找他講話，讓他很焦慮。奧斯卡見瑪荷洛沉默地在走廊上狂奔逃竄，立即笑著大喊「等等，等等我」並且追上去。瑪荷洛跟阿爾比昂一起拚了命地逃跑，但對方輕而易舉就追上他，將他抱住。奧斯卡面帶笑容，將瑪荷洛舉得高高的。校長的使魔羅威那犬不知為何不肯幫他，只用後腳搔著耳朵背面，冷眼旁觀。

「欸欸，你為什麼戴著面具？我想看看面具底下的那張臉。你一定很可愛吧。好嘛，讓我看一下。我的直覺從來沒有失準過。」奧斯卡抱起瑪荷洛，死纏活纏喋喋不休。

而且他還想強行將面具剝下來，讓瑪荷洛產生了危機感。

「喂，沒看到他不願意嗎？快住手。」

最後是里昂出手相救，他擺著臭臉自奧斯卡手中將瑪荷洛搶下來。里昂·愛因茲沃斯來自水魔法一族，是成績優秀的白金三人組之一。身材高䠷，體格健壯，有著金髮藍眼，個性是公認的正經八百，非常講究規則。

「你可以離開了。」

里昂將瑪荷洛藏在背後，瑪荷洛聞言立刻向他點頭道謝，趕緊逃離現場。

過了一週後，校長把諾亞、奧斯卡以及里昂叫來校長室，向他們表明瑪荷洛的真實身分。

校長室是個非常普通的房間，裡頭有大辦公桌、一組會客家具以及書櫃。窗邊擺了一排觀葉植物，室內完全看不到奇妙的魔法器具。房間日照充足，今天室內同樣很明亮，光靠陽光的照射就讓房間十分溫暖。

「啊——什麼嘛，原來是瑪荷洛呀？早說不就得了。對喔，之前好像有說要讓他改變外貌。我還想說那張面具怎麼完全摘不下來，原來是校長的魔法呀？」

奧斯卡俯視站在校長旁邊的瑪荷洛，拍著手笑了好一會兒。

「奧斯卡學長好可怕……」瑪荷洛縮著身子喃喃自語。

「你對這小子做了什麼？」諾亞以質疑的眼神盯著奧斯卡。

他看瑪荷洛一直在躲避奧斯卡的視線，推測兩人之間發生過什麼事。

「原來是這樣啊，這就是所謂的欺敵要從自己人騙起吧。」里昂像是想通了一般點頭道。

「里昂學長是好人……」瑪荷洛以尊敬的眼神仰望里昂。之前里昂就幫過他不少次，也很關心他。

「咦，那我呢？我也是好人耶？我對可愛的人很溫柔體貼耶？」

奧斯卡似乎很介意自己的評價，蹲下來不依不饒地質問瑪荷洛。諾亞拎著他的後領，將他拉離瑪荷洛身邊。

「找你們三人過來不為別的，去見森人一事上頭已經批准了，出發時間定在二月三日滿月之夜，目的是與被稱為祭司的人物見面，獲得齊格飛的消息，以及調查光魔法一族的事。因為瑪荷洛有可能是光之一族的人，我和瑪荷洛都會去。另外，軍方會派幾名士兵充當護衛與我們同行，你們三人也獲准同行，不過我想先徵詢你們的參加意願。」

校長乾咳一聲，切入正題。瑪荷洛打直背脊。終於要去那個地方了嗎？不知道會發生什麼事，他的心裡很不安。

「終於等到了，我絕對要參加！」奧斯卡舉手說。

諾亞抱著胳膊，不悅之情表露無遺。里昂則一副不知如何是好的模樣看著校長。

「順便說明為什麼要讓你們同行。這是因為批准此行的女王陛下要求我也把學生帶去。至於人選，當然非這所學校最優秀的三名學生莫屬。而諾亞曾經去過一次，奧斯卡說他要去，諾亞、里昂，你們決定如何？」

校長看向諾亞與里昂，等待兩人的答覆。里昂得知諾亞去過森人所在的地區後，內心很是驚訝。諾亞看似煩悶地揮手打斷里昂的視線，然後瞇起眼睛。

「那個地方我不會再去第二次。要是見到那位祭司，我也許會二話不說直接宰了他。」諾亞面向旁邊，厲聲說道。他的反應好可怕。

「……我的家族也流傳著關於賦禮的傳說。據說克里姆森島上有位祭司，能夠授予他人強大的力量，但不是從親身經歷過的人口中聽聞這件事，之前我以為那只是則傳說，所以是真有其事囉？諾亞，你得到了什麼樣的力量……？」

里昂的語氣帶了點責備，而諾亞則是擺出冷漠的表情不予理會。

「同行是無所謂，不過此行的目的並不是要得到賦禮吧？」里昂以慎重的態度問道。

一聽到這句話，諾亞立即嗤之以鼻道。

「你是白痴嗎？你以為見到祭司後，喝杯茶就能回去嗎？一旦見了他，無論你想不想要都會強迫你接受，賦禮是無法拒絕的。事實上，當時我清楚表明自己不願意，但最終還是被迫接受。人在現場才是重點。只要待在那個地方，祭司就會擅自授予你賦禮，然後奪走你最重要的事物。畢竟連人命都會奪走，這玩意兒應該改稱為被詛咒的禮物才對。」

諾亞將賦禮批評得一無是處。見里昂被自己這席話嚇到，諾亞更加怒不可遏。

「好好想想女王陛下為什麼要叫校長帶我們一起去吧。女王陛下的意思是，要我們不惜犧牲某樣事物也必須獲得對抗敵人的能力吧。真是無聊透頂，竟然覺得為了國家，這麼做是天經地義的。我絕對不奉陪。」

雖然沒氣到怒吼，不過諾亞如連珠炮般對著里昂、校長以及奧斯卡這般埋怨。瑪荷洛感受到強烈的憤懣，擔心地將手搭在他的手臂上。

「校長真的要帶這小子去嗎？萬一連他都被授予賦禮該怎麼辦？」諾亞將瑪荷洛攬到身旁，瞪著校長。

「瑪荷洛嗎……我總覺得不會發生這種事耶。這只是我的感覺，無法保證鐵定如此，但我覺得奧斯卡與里昂應該能得到賦禮。回顧至今獲得賦禮的那些人，他們好像有著某些共同點。第一點是擁有魔法迴路，第二點是個性有些奇特。」校長看向諾亞、奧斯卡與里昂，這般說明。

校長並未得到賦禮。難道她的個性不夠奇特嗎？話說回來，怎樣的個性才算奇特？聽校長說自己有可能被授予賦禮，里昂深思熟慮後搖了搖頭。

「既然這樣我就不參加了。雖然想知道祭司的事，但我不想冒險。我很珍惜家人。如果因為得到賦禮而害死某個人……我一輩子都不會原諒自己。」

里昂以符合其個性的理由拒絕了校長。諾亞的表情略微放鬆，感覺得到他放下心來。大家都說諾亞與里昂感情不好，但那只是表面上而已，其實他們都很信賴彼此。

「奧斯卡，萬一家人出了什麼事，你打算怎麼辦？」里昂對奧斯卡投以嚴厲的目光。

「我大概不會失去家人。」奧斯卡以開朗的語氣斷言。

見瑪荷洛他們吃驚地注視自己，奧斯卡驀地收起臉上的表情。

「我很喜歡家人喔？可是沒喜歡到願意為他們豁出性命的程度。這話聽起來或許很無情，不過我對家人的愛應該沒那麼深厚。啊，搞不好奶奶會死掉喔？但是奶奶的年紀也大了，假如是為了孫子，她應該死而無憾吧。」

瑪荷洛一時間無法呼吸，倚靠著背後的諾亞。他無法理解奧斯卡說的話。瑪荷洛原本以為奧斯卡是開朗又溫柔的好青年，但，他有點不對勁，有點……異常。

「噢，講出這種話會嚇到人吧，我得注意一點才行。總之就是這樣，我反而很想知道自己的重要事物是什麼呢。」奧斯卡不以為意地說道。

正因為秉持博愛主義，他才無法執著於單一事物——這是奧斯卡給瑪荷洛的印象。

「既然你都這麼說了，我就不阻止你了……」里昂也一副無可奈何的態度放棄勸說。

「那麼，成員暫定有我、瑪荷洛與奧斯卡，再加上幾名負責護衛的士兵，晚上出發。順利的話大約三天就能抵達祭司所在的地方，來回大概要一週吧。反過來說，如果超過一週仍未抵達的話，即代表我們遭到拒絕了，到時候就得放棄。出發前麻煩睡飽一點。別忘了攜帶法杖與劍。因為前往森人居住區域的途中，會經過許多危險的地方。那裡也有龍的巢穴。」

校長拍手道，瑪荷洛頓時緊張起來，不自覺繃緊肩膀的肌肉。雖然諾亞不與他們同行這點讓瑪荷洛很擔心，但有校長在應該不要緊吧？瑪荷洛驀然抬頭望向諾亞，發現他一臉憂慮地注視著自己。

「……」諾亞露出苦惱的神情，以指腹揉著秀麗的眉毛。

瑪荷洛很想跟諾亞多說幾句話，但校長推著他的背將他趕出校長室。她是要自己先回去吧。於是瑪荷洛乖乖地跟阿爾比昂，以及兩隻羅威那犬一起離開校長室。

現在正值午休時間，行經走廊時瑪荷洛與學生擦肩而過。他快速邁著小短腿，匆忙走向沒有人的地方。要是不小心暴露自己的真實身分，可能又會害這裡的學生遭遇危險。他絕對不能犯下這種過錯。

耳邊突然傳來熟悉的聲音，瑪荷洛從連接走廊望向中庭，發現札克正揮起法杖練習魔法。那副努力練習的模樣觸動了他的內心，瑪荷洛不禁握起拳頭。

聽說因為齊格飛的事情導致魔法石銳減，分配給羅恩軍官學校的魔法石也就少了許多。瑪荷洛覺得自己也有責任，心裡很難受。

（別再沮喪了。去做自己辦得到的事吧！）

瑪荷洛鼓勵自己那顆動不動就消沉的心。

下午他照料香草田，傍晚看著食譜第一次嘗試製作法式鹹派。由於自助餐廳也開放給教師使用，不擅長烹飪的教師會跟學生們一起用餐。校長的興趣是做菜，所以廚房裡備有許多香辛料與調味料。

做自己辦得到的事是瑪荷洛如今的生活之道。

「以第一次來說，你做得很好呢。」

直到暮色籠罩四周時校長才回來，一看到瑪荷洛做的法式鹹派，臉上立即露出和藹的笑容。瑪荷洛將培根、菠菜、起士放在派皮上，烤得恰到好處。由於變成十歲的模樣，他是站在踏臺上烹調的。

瑪荷洛與校長圍著一張桌子，吃著剛烤好的法式鹹派愉快地閒聊。

「不好意思，校長。」瑪荷洛端出他用採摘下來的薄荷泡的茶，抬起目光看著校長。

「有事想拜託我嗎？」校長嚼著法式鹹派，面露微笑。

「我……是不是沒辦法使用魔法呢？」瑪荷洛鼓起勇氣發問。

白天看到札克在練習魔法，讓他覺得自己也必須做點什麼才行。雖說當瑪荷洛仍是學生的時候，無論練習幾次都沒辦法運用自如，但他覺得自己還是該力求進步才對。

「沒這回事啦。你的體內埋著能增強魔法威力的石頭，所以可能會有點難以控制。不過，假如你真是光魔法一族的人，理應早就能夠使用這個家族特有的魔法才對。」

校長將盤子清空後，用餐巾擦拭弄髒的嘴巴。

「我會誤以為你是鮑德溫家的一分子也是出於這個緣故。其實鮮少有人知道，光魔法與闇魔法這兩個家族，具備了可自在使用所有魔法的能力。」

「咦！」瑪荷洛驚訝地瞪大眼睛。原來他們是那麼全能的家族呀？

「入學測驗不是會要求考生喚出精靈嗎？若是看到精靈出現，考官就會判斷考生擁有魔法迴路，准許他入學。當時我們看見你喚出土之精靈，所以才認為你具備鮑德溫家的血統。齊格飛當年也是如此。」經校長這麼一說，瑪荷洛這才明白齊格飛能隱瞞真實身分的原因。

「這樣不就無敵了嗎……」瑪荷洛難掩困惑。

這代表光魔法與闇魔法這兩個家族，遠比五大世家還強。

「這倒不盡然，其實他們也有弱點。光魔法一族壽命短，而闇魔法一族則是一子單傳。」瑪荷洛聽不懂這句話的意思，疑惑地睜圓了眼睛。一子單傳……？

「也就是一旦生了孩子，父母的魔法迴路就會消失。所以，闇魔法一族對於生子一事頗為慎重。齊格飛的父親亞歷山大應該是在被逼得走投無路，判斷自己沒有未來而死心時留下自己的子嗣吧。光魔法一族與闇魔法一族人數稀少，也是出於這個原因。尤其闇魔法一族自知沒有繁榮的希望，因此常引發殘酷的事件。」

得知這兩個家族不為人知的生態後，瑪荷洛心情鬱悶。這兩個家族都是生來就活得拘束不自由。

「齊格飛的養父山繆・鮑德溫是在哪裡接觸到你們光魔法一族，以及他為什麼要給你埋入特殊的石頭，這件事仍有許多未解之謎。他們說埋在你心臟裡的石頭是賢者之石，但我不相信。」

瑪荷洛不自覺地觸摸胸口。埋在這具身體裡的石頭，究竟是什麼呢？

「總而言之你應該會使用光魔法才對，但……我沒有這方面的知識。就算想教你，也不知道該怎麼教起。不過其他屬性的魔法你應該也能使用才是，所以用不著放棄啦。我喜歡努力的孩子。你該學習的是控制力量。只要能克服這道難關，理應就能夠使用魔法了。」

校長聞著薄荷茶的香氣瞇起眼睛，斬釘截鐵地說。

「控制……」

這正是最大的問題。自己分明不想使用，卻還是會釋放強大的魔力。

「其實這就是我託你照料香草田的目的。你只要每天精心栽培那些香草就好。這應該能成為幫助你學習控制力量的機會。你就好好地親身感受植物的成長吧。」

校長露出別有深意的笑容，拜託瑪荷洛幫她泡第二杯茶。雖然不太明白校長的意思，既然照料香草田是幫助自己掌控魔法的方法，今後就更加用心與賣力地照料吧。

「話說回來，諾亞真的不去嗎？只帶奧斯卡同行很讓人忐忑不安呢。畢竟他可是這個世上最靠不住的男人。」校長嘆了口氣，喃喃自語。

「奧斯卡學長他……靠不住嗎？」

瑪荷洛大概明白校長的意思，忍不住露出苦笑。他吃了兩塊法式鹹派，已經飽了。

「那小子靠不住啦。應該說，風魔法一族都是如此吧……。只不過奧斯卡的行事作風特別有這個家族的風格。我一直在盼望，有沒有人能把那個氣球男拴在地上呢。」

聽到校長的嘆息，瑪荷洛面露鬱色。奧斯卡對家人的感情，確實有些異常。生在五大世家，過著什麼都不缺的生活，還會使用魔法──然而，他為什麼會變成那樣的人呢？諾亞也是如此，不過奧斯卡這個人認識得越久越無法瞭解他。

「白金三人組都是怪人呢……不過，里昂學長是好人。」

「哈哈哈，其實里昂的脾氣也很古怪啦。諾亞與奧斯卡就是因為彼此很相似，才有辦法一起行動。不過諾亞他──改變了。因為遇見了你。」

校長露出微笑。

「是……這樣嗎？」

瑪荷洛的臉頰頓時泛起兩抹紅暈。

「他終於變得像個人了。一旦懂了愛，人就會改變的。那日在洞窟裡得知諾亞打算帶你逃走時，我可是相當驚訝呢。明知道結果會如何，卻還是衝動行事。真好，這就是青春呢，年輕就是讓人羨慕。」校長以手肘支著桌面，拄著臉頰輕快地呵呵笑著。

「諾亞雖然擁有旺盛的精力與活力，但之前都無處宣洩，所以有時我也會覺得，諾亞被授予賦禮的原因或許就出在你身上呢。過去他相當怨恨西奧多，不過現在應該很高興自己有能力可以保護你吧。」

瑪荷洛不知該如何回答才好，露出模稜兩可的笑容。

「——要見祭司，我同樣很緊張。前往那裡的路途也令我擔憂。不知道會發生什麼事……但是，我還是想帶諾亞一起去哪。」

校長自言自語般又說了一遍後，便將髒盤子拿到廚房。瑪荷洛心中滿是複雜的情緒。他想，諾亞若是不願意，還是別勉強他去比較好。

見到祭司後，究竟會發生什麼事呢？瑪荷洛實在是憂心忡忡。

得知照料香草田能幫助自己掌控魔法後，瑪荷洛便更加用心地栽培植物。他本來就很喜歡接觸土壤，因此不覺得這是件苦差事。克里姆森島冬季也很溫暖，所以植物能夠正常生長。採摘幾種香草，加以精製的工作也是交給他負責。

「嗯，生長得不錯呢。那麼，我們就來學一下掌控魔法的方法吧。」校長望著香草田，取出法杖這麼說。法杖並未嵌著魔法石，看上去就像一根普通樹枝。

「你應該不需要用到魔法石吧。這次試著不念咒語，改以畫符號的方式施展魔法。這是風魔法風斬的符號。粗略來說，念咒語跟畫符號這兩種方法的差別，在於向精靈借了多少力量。畫符號的話要消耗許多魔力，所以通常不會教學生使用這種方法。」

校長用樹枝在地上畫出代表風魔法風斬的符號。她先畫出波浪符號，再加上一條橫線。

「你就用這招魔法割取當天所需的香草，但不能割到不需要的香草喔，這些可是你精心照料的香草，懷著對它們的愛試試看吧。」

聽校長這麼一說，瑪荷洛突然緊張起來。校長要他先從叢生的薄荷挑戰看看，於是他小心翼翼地在薄荷前面畫符號。結果颳起的風一次割下許多薄荷，散落在地上。

「威力還是太強了，不過照這個狀況來看應該沒問題吧。大概是身體變小的關係，感覺比之前進步。從今天起，香草就用這招魔法採摘。這片香草田是由你澆水、施肥的。而田裡的植物並非取之不盡，用之不竭。要是植物全沒了，就得再播種，重新栽培一次。千萬別忘了。」校長拍了一下瑪荷洛的肩膀，他用力點頭應答。

從這天起，瑪荷洛就開始運用魔法採摘田裡的香草。由於每次都會割下過多的香草，使得他在照料這些植物時總是心懷歉疚。而幫香草田施肥、澆水，則讓他對植物萌生愛護之情。他也天天自我期許，明日一定要成功割取所需的量。

「麻煩你把列在這張紙上的香草，送去給廚房的達尼。」

一月的最後一天，瑪荷洛應校長的委託，畫符號割取香草。大概是因為他對香草有愛吧，今天進步了許多。成效比念咒語來得更好。瑪荷洛懷著好心情將香草放進籃子裡，接著前往廚房。

走在校舍或宿舍附近時，一看到認識的學生，瑪荷洛的心裡就有點落寞。他很後悔自己之前沒多享受一下學生生活。瑪荷洛將香草交給廚房的達尼後，回程經過宿舍的走廊。走到一半背後突然傳來粗喘聲，他回頭一看，發現是長得很凶猛的比特犬。那是一種臉部扁平、四肢很短、脾氣暴躁的狗。瑪荷洛心想「是諾亞的使魔」，於是決定靠近牠。

「嘎嚕嚕嚕……」就在手要伸出去時，比特犬突然齜牙咧嘴撲了過來。

瑪荷洛嚇了一跳，立即轉身拔腿就跑。兩隻羅威那犬跟在瑪荷洛身後，反觀阿爾比昂被比特犬的氣勢嚇得毛都豎起來，往反方向跑掉了。

「咿！」瑪荷洛將慘叫吞了回去，卯足全力狂奔。

比特犬甩著口水，以驚人的速度追著瑪荷洛。要被咬了！瑪荷洛臉色發青，拚了命地逃跑。本該保護他的羅威那犬只是跟著跑而已，完全沒幫上任何忙。穿過學生寢室外面的走廊後，眼看比特犬已逼近自己，他趕緊繞進轉角。

（為什麼⁉）

諾亞的使魔為什麼要追趕自己？就在瑪荷洛心急如焚之際，右邊某扇房門突然打開，有人拉住他的手臂。羅威那犬也跟著溜進房間。

「咿哎⁉」瑪荷洛被人硬拽進房間，摔在地毯上。

他慌張地抬頭一看，發現那個人是一臉賊笑的諾亞。隨後比特犬也進入房間，在諾亞面前看似開心地搖著尾巴。諾亞立刻關門，然後摸了摸比特犬的腦袋。

「幹得好，布魯，謝謝你。你可以回去了。」

諾亞拿法杖輕輕碰一下比特犬，使魔立即隨著煙霧消失不見，瑪荷洛則倒在地毯上一臉茫然。

「咦……？」為什麼諾亞的使魔要追逐自己？難道是諾亞故意唆使牠的嗎？

「總算能夠兩人獨處了。」諾亞抱起瑪荷洛，慢條斯理地走向床鋪。

原來這裡是諾亞的寢室。白金三人組之一的諾亞住的是個人房。他的寢室跟瑪荷洛之前住的雙人房不同，是附設浴室與小廚房的獨立套房。室內擺著一張大床，諾亞一副理所當然的樣子，將瑪荷洛放在床上。

「諾亞學長，你太過分了。」

真希望他能向怕被比特犬咬而急忙逃竄的自己道歉。見瑪荷洛氣鼓鼓地這麼說，諾亞笑著伸手去剝他的面具。

「抱歉、抱歉。嗯？這是怎麼回事？拿不下來。」諾亞硬扯黏在瑪荷洛臉上的面具。

由於施上了魔法，若是拉扯面具，瑪荷洛也會覺得痛。原本在一旁休息的羅威那犬，對著想拔下面具的諾亞吠了起來。

「好痛好痛，諾亞學長，好痛！」見諾亞想靠蠻力剝下面具，瑪荷洛忍不住慘叫。得知會弄痛瑪荷洛後，諾亞不得已只好收手。

「不能拿下來嗎？我想看你的臉耶。」諾亞坐到床上，看似不滿地皺起眉頭。

瑪荷洛一邊檢查面具有沒有壞掉，一邊喃喃地叫諾亞忍耐。

「如果沒有校長的許可……咿哎！」突然被人抱起來，嚇得瑪荷洛發出尖聲。諾亞讓他坐在自己的腿上，並將下巴擱在他的腦袋瓜上。

「你住在校長的宿舍裡吧？白天都在做什麼？下次我可以蹺課，偷偷溜過去嗎？我們什麼時候才能在不開放的房間裡見面？」諾亞將瑪荷洛禁錮在臂彎裡，接二連三問了一大堆問題。

「不好意思……校長的使魔就在我身邊，學長要是蹺課應該馬上就會被發現……」瑪荷洛彆扭地坐在諾亞的腿上，忸忸怩怩地回答。兩隻羅威那犬就趴在床鋪旁邊，目不轉睛地監視瑪荷洛與諾亞。

話說回來，阿爾比昂跑哪兒去了？

「回答我的問題。什麼時候才能在不開放的房間裡跟你見面？校長不是允許我們兩週見一次面嗎？」諾亞自背後抱緊瑪荷洛，似乎感到很不滿。

「呃，校長說接下來會很忙碌，等回來以後再說……」瑪荷洛感受著諾亞的體溫，小聲地回答。

「她是想找各種藉口，不讓你跟我單獨相處吧。既然如此，我只能像這樣強行把你帶進房間了。話說回來，變成這副模樣後你的特色幾乎都不見了嘛。身體變小不說，頭髮還變成黑色。最過分的是面具竟然摘不下來。不過，肌膚的觸感倒是沒變呢。」諾亞掀起瑪荷洛的衣服下襬，直接摸著他的腳抱怨。

「呀啊啊，請、請別這樣！諾亞學長，我現在可是小孩子喔？」沒想到諾亞會觸碰這具身體，瑪荷洛慌張地亂動掙扎。

諾亞之前說過，就算瑪荷洛變成小孩他仍舊會下手，瑪荷洛還以為這是一句玩笑話。諾亞撫摸著瑪荷洛的腳，並將他的衣服掀到大腿處。

「你本來就是個小不點吧？讓我看看你現在變成什麼樣。」

諾亞毫不介意地碰觸瑪荷洛的底褲，輕輕搓揉。重要部位遭到搓揉，瑪荷洛連忙握住諾亞的手背試圖阻止他。由於身體變小了，他覺得諾亞的手變得很大。

「諾亞學長好變態……！」瑪荷洛眼泛淚光制止諾亞的手。

「我沒有戀童癖，不過對象是你的話我就會想摸摸看。摸起來的感覺一樣，膚色也一樣白。味道也一樣呢。」諾亞這麼說，並將鼻子壓在瑪荷洛的脖頸上。

他說自己沒有戀童癖的確是實話，因為他的下腹部就抵著瑪荷洛的屁股，而那個部位並沒有產生變化。不過，諾亞依然親吻瑪荷洛的脖子與肩膀，並且隔著底褲刺激他的性器。

「諾亞學長，我得回去了……」見諾亞抱住自己的腰，瑪荷洛只好踢動雙腿提醒道。

由於現在是孩童身形，瑪荷洛不僅腳搆不到地板，而且無論怎麼抵抗也無法掙脫諾亞的懷抱。在他掙扎的期間，諾亞摸得他逐漸舒爽起來，呼吸因而變得急促。

「真想吻你……隔著面具，就看不到你的表情了。」

諾亞隔著底褲摩挲瑪荷洛那起了變化的性器，並用遺憾的語氣低聲說道。

瑪荷洛氣息紊亂，腰部偶爾還會微微地扭動。

「諾亞學長……，不要這樣。」

就算身體變得這麼小依然有感覺，瑪荷洛覺得自己很可恥，想推開諾亞那隻上下移動的手。他發覺底褲裡的性器已經硬了，而且溼溼的。

「不要？都已經溼了耶？」諾亞故意似地在耳邊低聲這麼說。

戴著面具讓瑪荷洛喘不過氣，無力地搖著頭。諾亞將空著的那隻手滑進瑪荷洛的衣服裡，然後從腹部爬到胸口。指尖碰到乳頭後，便調戲一般逗弄起來。

「呼……！哈、啊……！」指尖彈撥乳頭，瑪荷洛的身體頓時一顫。諾亞含弄著瑪荷洛的耳垂，並且同時愛撫乳頭與性器。

「不……！啊、啊……！」

起初瑪荷洛一直在抵抗，但之後感覺越來越舒服，按住諾亞的那隻手就逐漸使不上力了。在諾亞的愛撫下，底褲變得溼答答的，而且還發出猥褻的聲響。瑪荷洛覺得很難為情，眼裡噙著淚水。

「連脖子都變紅了。好想看你的臉喔。現在是什麼表情呢？身體分明這麼小，這裡還是能勃起……乳頭也有感覺了。」

諾亞的氣息噴吐在耳垂上，瑪荷洛覺得很癢而扭動身子。諾亞一用力拉扯變硬的乳頭，身體便竄過一股令背脊陣陣發抖的快感。

「討厭……，請你不要、說出來……」

見瑪荷洛低著頭以哭腔這樣要求，諾亞輕輕笑著捏了捏他的乳頭。

「變得很敏感了呢。就算身體縮小也沒關係，我只希望面具能夠拿下來。戴著這玩意兒，感覺就不太像是在跟你親熱了。」

諾亞用臉磨蹭面具，並且刻意摩擦溼掉的底褲。身體抖個不停，瑪荷洛感到羞恥，忍不住扭動臀部。自己似乎就要以這副模樣達到高潮了。要是諾亞再繼續摸下去，真的會很不妙。

「諾亞學長……真的拜託你……饒了我。」瑪荷洛小聲討饒，諾亞聞言笑著抓住他的底褲，然後就這麼往下扯。瑪荷洛抓著底褲的邊緣作勢抵抗。

「不行……不行……」

見瑪荷洛拚了命地不讓自己脫掉底褲，諾亞神情愉悅地放手。

「你想直接射在裡面嗎？好啊。」

語畢，他抱起瑪荷洛一條大腿，然後隔著底褲，粗魯地套弄性器。瑪荷洛還來不及阻止，性器就遭到摩擦，他喘著氣躺靠在諾亞身上。

「諾亞學長……不、啊啊、啊……！」

諾亞以溼掉的底褲包住性器，再用指甲撓著前端一帶。想抵抗卻敵不過快感，轉眼間瑪荷洛就達到高潮。

「咿、啊……！」精液噴吐在底褲與諾亞手中，瑪荷洛發出嬌吟，身子往後仰。他大口喘氣，渾身綿軟無力。黏稠的液體弄髒底褲，連諾亞的手都沾溼了。

「好、好過分……」瑪荷洛喘不過氣，胸口上下起伏。諾亞撫摸他的大腿，只是這樣一個動作，他的身體就猛力彈起。

「好濃稠喔。身體分明這麼小，卻還是有感覺。你看，都牽絲了。」諾亞看得出神，緩慢地脫下瑪荷洛的底褲。底褲被精液與前列腺液弄得黏答答的，實在教人無法直視。

瑪荷洛雖然有感覺，諾亞卻沒有勃起。由於身體始終緊貼在一塊，他知道諾亞並未感到性興奮。這讓他既是放心，又覺得難過，心情頗為複雜。

「不知道是因為戴著面具，還是身體變小的關係，我興奮不起來哪。不過可以盡情摸你，我就心滿意足了。」

說完這句話後，諾亞放開了瑪荷洛。瑪荷洛拉上溼答答的底褲，扭動腰部。下半身溼溼的，感覺好不舒服。居然得在這種狀態下回到教員宿舍。

「學長太過分了……」瑪荷洛隔著面具怒沖沖地瞪著諾亞，搖搖晃晃地遠離床鋪。得快點離開這裡才行，否則諾亞又要玩弄他的身體了。

「啊、喂，還不要走啊。」瑪荷洛轉身背對想攔住他的諾亞，踉踉蹌蹌地衝出房間。

羅威那犬也跟在瑪荷洛的背後。幸好走廊上沒有半個人影，他趕緊離開宿舍。今後經過宿舍時必須當心才行。要是遭諾亞強行帶走，這副孩童身體根本抵抗不了。

來到中庭時才終於再度見到阿爾比昂。

阿爾比昂似乎對自己落荒而逃的舉動感到過意不去，躲在建築物背後戰戰兢兢地偷看瑪荷洛，兩隻羅威那犬對牠投以鄙視的目光。

瑪荷洛心想「使魔也有強弱之分呢」，帶著咿咿叫的阿爾比昂返回教員宿舍。

5 古道

在瑪荷洛每天被雜事追著跑的期間，時序邁入二月，出發的日子終於到了。自從上次諾亞毛手毛腳惹怒他後，他就沒跟諾亞說過話了，不過他覺得離開前還是要跟對方打聲招呼。

熄燈時間一過，校長就施魔法將瑪荷洛變回原來的模樣。還是自己本來的樣子最自在了。瑪荷洛大幅伸展手腳，察看鏡中的自己。

他戴上帽子，在迷彩服上套了一件毛領夾克，背著一個裝有一週份的食物與水、匕首與槍的背包。背包相當沉重。他接著穿上為了這天準備的靴子，綁緊鞋帶。由於預定十點出發，瑪荷洛在這之前打理好行裝。

「不好意思，校長。」瑪荷洛對著正在檢查有無遺漏東西的校長開口道。校長今天將綠色頭髮綁成一束，身穿迷彩服，背著軍方配給的大背包。帽簷壓低，因此比平常更難看出表情。

「離開之前，我想跟諾亞學長說幾句話。」瑪荷洛用試探的語氣這麼說，校長聞言笑道。

「沒有那個必要。」話音甫落，隨即有人敲門。校長打開大門，便看到諾亞與奧斯卡站在門外。兩人都穿著迷彩服，肩上掛著黑色大背包與長槍。

「諾亞學長！」

瑪荷洛驚訝地睜圓雙眼，諾亞則是眼睛都亮了起來，走上前抱緊瑪荷洛。這麼說來，他已經很久沒用原本的模樣跟諾亞見面了。

「雖然很令人不快，我還是決定與你們同行。因為我擔心你會出什麼事。反正我已經得到賦禮了，應該不會再發生那種情況吧……」

諾亞摘下瑪荷洛的帽子，一副喜孜孜的表情胡亂搔著他的白髮說道。

諾亞也要跟去嗎？這樣就可以放心了。

「諾亞學長，那個，呃？」

瑪荷洛正想道謝，諾亞卻在這時不顧場合吻起了他。校長與奧斯卡都在一旁看著他們，諾亞卻牢牢捧著瑪荷洛的臉頰，將彼此的脣深深交疊在一起。瑪荷洛慌忙推開諾亞的胸膛。

「還是不戴面具比較好。看來我相當喜歡你的臉呢。」諾亞熱吻著瑪荷洛，同時感觸頗深地這麼說。

瑪荷洛滿臉通紅，躲避諾亞的吻。

「喂喂喂，顧慮一下他人的目光好嗎？差不多該出發了。」

見諾亞對著瑪荷洛又親又抱，校長傻眼地拍手提醒道。步出宿舍，便發現外面已有七名士兵整齊地排成一列。所有人都穿迷彩服，肩上掛著戰鬥用的槍枝。其中一名軍帽顏色不同於其他士兵的男子向校長敬禮。

「我是伍長卡里・羅納多，奉命負責此次的護衛工作。本次的任務是女王陛下親自下達的。」

這般自我介紹的伍長有著一雙下垂眼，臉上長著雀斑，看上去是個活潑開朗的人。得知他是奉女王陛下之命而來，讓瑪荷洛有些吃驚。是因為想前往克里姆森島的內地，需要女王陛下的許可嗎？

「辛苦了。出發之前，容我先確認一件事。你們都沒有魔法迴路吧？」校長走到士兵們面前，露出銳利的眼神詢問他們。

士兵們應了一聲「是！」並向她敬禮。仔細觀察過他們之後，校長點頭微笑道：「那就出發吧。」

卡里與士兵們走在前面帶路，瑪荷洛他們則排成一列跟著前往演習場。諾亞走在瑪荷洛的前面，奧斯卡則走在後面。阿爾比昂就放在瑪荷洛的背包裡，只有頭露在外面。牠已經恢復成白色吉娃娃的模樣。之所以背著牠走，是因為士兵說小型犬拚命跟在後頭的模樣很可憐。

「好期待喔～」走在最後面的奧斯卡一副興高采烈的模樣，彷彿要去郊遊野餐一般。

走了大約十五分鐘後，他們來到演習場的廣場。用來進行大砲與射擊訓練的廣場是一片草坪，因此即使在夜晚行進也不難走。通過這裡，便進入有時用來進行游擊訓練的茂密森林。瑪荷洛第一次來演習場，完全不知東南西北，只能一味地追著眼前諾亞的背影。今晚是滿月，視野還算清晰，但畢竟是在夜晚行進，心中難免惴惴不安。瑪荷洛規律地邁動雙腿，以免跟不上隊伍。但走了兩個小時後，他還是喘了起來。森林裡到處都是石頭、樹枝與枯葉，很不好走。士兵們不停往前走，偶爾察看周遭動靜。

「哇！」

在茂密的森林裡走了一段時間後，一塊巨大的岩石突然出現在眼前。就算想爬上去，岩石表面也沒幾個地方可供踩踏。這面宛如將巨岩一刀兩斷的峭壁占滿了視野，看得瑪荷洛驚詫不已。這是什麼地方呢？

「抵達邊界了呢。」校長仰望著巨岩說道。這裡是邊界——

「麻煩校長了。」卡里旋即讓路，對著校長這麼說。

「沒問題。」校長走上前，於岩石前面拿出法杖。

「吾名戴安娜・杰曼里德。乃法比安與達芙妮之女，雷魔法與風魔法一族之子弟。在此記下真名。請讓我與其餘十名人類之子通過。」說完這句話後，校長立即用法杖在岩山上畫出紋章。

只見她一下畫圓，一下畫Z字，由於畫法過於複雜，瑪荷洛記不起來。這裡多半就是之前從上空俯瞰時，校長所說的有魔法屏障的地方吧。看來要前往另一邊需要特定的儀式。

「哇啊……」一直盯著巨岩的瑪荷洛忍不住驚呼，站在他後面的奧斯卡也吹了聲口哨。這是因為忽然有一道光照射在岩石上，緊接著就突然出現一道門。這道莊嚴的拱門自動開啟。

「一個接著一個依序進去。」校長舉著法杖催促眾人。

伍長卡里動作謹慎地率先踏進另一邊，其他的士兵也小心翼翼地跟著卡里踏入門內。然而，當最後一名士兵意氣昂揚地準備走到另一邊時，他就像是被雷劈中一般猝然仰倒在地。

「你不能過去，在這裡待命吧。」校長搖頭說道。

卡里臉色鐵青地扶起倒在眼前的士兵，讓他靠坐在附近的樹木底下。那名士兵說他全身麻痺，卡里便命令他先回去。瑪荷洛心跳加速，心情益發緊張了。原來不是任何人都能夠前往另一邊呀？

「你們也進去吧。」諾亞瞟了一眼倒下的士兵，快步走了過去。

接著是奧斯卡，來到另一邊時，他立刻握拳擺出勝利姿勢。瑪荷洛見校長衝自己抬下巴示意，便緩慢地邁開步伐。

穿過那道門時，瑪荷洛忽然有股全身發麻的感覺。一時間他很怕自己該不會也不能過去吧，結果下一刻他就被溫暖的柔光所籠罩。閃亮的光芒遍及四肢的每一處，不知怎的內心大為震撼。

『歡迎你，瑪荷洛。』

說話聲不知從哪兒傳來，瑪荷洛慌張地左顧右盼。空中飄浮著許多光點，陸陸續續聚集到瑪荷洛的身邊。光點猶如羽蟲一般在瑪荷洛的周圍打轉。

『你終於回來了。』

懷念的嗓音與芬芳的香氣，令瑪荷洛情緒激動，眼裡噙著淚水。身體顫抖，喉嚨發燙。他完全不明白自己為什麼想哭，只是一站在那個地方便心潮澎湃。這股情緒是從何而來的呢？

「瑪荷洛？」諾亞露出驚訝的神情，攫住瑪荷洛的手臂將他拉向自己。瑪荷洛趕緊揉了揉眼睛，隨後拱門的另一邊就傳來校長的感嘆聲。

「你真的是光魔法一族的人呢。全身都在發光。聚集而來的精靈數量好驚人，看得我都起雞皮疙瘩了。」校長像是覺得晃眼一般瞇起眼睛。

諾亞與奧斯卡，以及卡里與其他士兵也都以震驚又愕然的眼神看著瑪荷洛。看樣子在身體周圍飛舞的光點，數量多到連士兵們也看得見。諾亞不安地撫摸瑪荷洛的頭髮，光便倏地飛向空中。與此同時，瑪荷洛的身體不再發光了。

剛才的聲音是怎麼回事？那個聲音對自己表示歡迎，還說自己終於回來了──

（對了……以前我常會看到如光漩渦一般的東西呢……。好像還叫我要打開什麼門。）

瑪荷洛突然想起這件事，內心一陣騷亂。最近幾年已鮮少看到那種東西，他都忘得一乾二淨了。

「好，最後輪到我了。大家可別嚇到囉？」等卡里越過那道門後，校長對眾人這麼說，接著穿過拱門。當她一踏進另一邊，髮色就逐漸改變，容貌也出現變化。

校長的臉長出皺紋，當著眾人的面變成一位白髮老婆婆。

「校長！」瑪荷洛嚇了一跳，忍不住大聲驚呼。

「在這邊是沒辦法使用魔法的。所以，返老還童的魔法也就解除了。」校長神情愉快地笑著解釋。

之前聽她說自己七十歲時瑪荷洛還沒什麼真實感，此刻這樣一看，確實是符合實際年齡的老婆婆。如此一來就能理解校長希望諾亞同行的原因了。比起沒體力的自己，瑪荷洛更擔心校長。讓一個老人家勉強自己不要緊嗎？

「魔法……沒辦法使用？為什麼？」諾亞皺起秀麗的眉毛。

「這是克里姆森島的七大謎團之一，至於原因目前仍不得而知。有人說是這座島的神祇討厭魔法，也有人說是磁場的問題。你可以試著施展看看。」

在校長的建議下，諾亞嘗試施展火魔法。然而念了咒語，卻沒發動任何東西。

「……使魔沒有消失呢。」諾亞邊收法杖邊說。

經他這麼一提，阿爾比昂的確一直待在瑪荷洛的背包裡，只有頭露在外面。

「真的耶，為什麼呀？我也把自己的使魔叫出來看看吧。」奧斯卡似乎也很好奇，使用法杖呼叫使魔。奧斯卡的使魔是一隻黃金獵犬，念完咒語後牠就搖著尾巴出現在眾人眼前。不能使用魔法，卻能叫出使魔，這是怎麼回事呢？

「咦！能把使魔叫出來嗎？」看到阿爾比昂與奧斯卡的使魔，校長既震驚又愕然。看樣子校長也不曉得為何會發生這種狀況。

「我上一次來到這個地方是二十年前的事了，當時以為魔法全都不能使用，所以沒把使魔叫出來。怎麼會這樣。魔法不能使用，但使魔在這個地方是被接受的嗎……嗯，這件事值得琢磨哪。」

校長交抱著手臂陷入沉思。卡里與士兵們也互相對視，不知在談論什麼。雖然不曉得原因為何，瑪荷洛倒是覺得謝天謝地，因為阿爾比昂若是消失，他會很寂寞。

「好，由於已進到禁入區，我先提醒大家一件事。在這裡看到與聽到的事物，原則上不准洩漏給第三者。要是張揚出去就得受到刑罰，千萬別忘了。慎重起見，麻煩各位在此宣誓。」

校長以嚴肅的聲調告訴在場所有人，並且要求每個人承諾「在這裡看到與聽到的事物，若無女王陛下的許可，絕對不會告訴其他人」。進入這裡需要女王陛下批准，相關資訊也受到管控，由此看來對這個國家而言這裡是很重要的地方。瑪荷洛一臉慎重地點頭。

「總之快點前進吧。雖然少了一名士兵，但也莫可奈何。這裡還只是入口而已。」

校長暫時停止研究能夠叫出使魔的原因，與士兵一起展開行動。雖說已經七十歲了，校長的腰腿依然很健壯，看起來比瑪荷洛還要生龍活虎。不過剛才瑪荷洛還有些疲憊，現在身體卻很輕鬆，步履輕快得彷彿腳上長了翅膀一般。說不定是那道光的緣故。

「這裡好像叢林啊。」一名士兵語帶厭煩地嘀咕道。

越過那道門後，周圍全是與脖子齊高的茂密野草，他們只能撥開野草前進。卡里邊走邊察看星星的位置。聽說禁入區的地溫很高，現在分明是二月上旬，這裡卻綠意盎然，感覺很奇妙。

（這邊到底有什麼呢？）

瑪荷洛東張西望環顧四周。他們的光源只有月光與士兵提著的油燈。雖說這裡草木繁茂，不過他們仍處在與另一邊很像的森林裡。稍有不同的是，這邊的樹葉偶爾會沙沙搖動，好像有什麼東西躲在那裡。是鳥？蛇？還是野獸呢？

「瑪荷洛，你太讓我驚豔了。」走在瑪荷洛後面的奧斯卡戳了戳他的手臂，小聲與他攀談。瑪荷洛回頭一看，發現奧斯卡正以興奮的眼神看著自己。

「剛才的你好美呢。整個人閃閃發亮，看上去彷彿是光之精靈。」奧斯卡雙頰泛紅，將臉湊近瑪荷洛。

「是……這樣嗎？」瑪荷洛面露苦笑，奧斯卡撓著額頭回他一連串的「嗯」。

「欸，我——可以喜歡你嗎？」

奧斯卡瞇起眼睛說出意想不到的話，瑪荷洛大吃一驚，立刻跳開。他冷汗直冒，心想這個人在這種地方胡說什麼呢。本來擔心萬一給諾亞聽到，兩人多半會吵架，所幸奧斯卡說得很小聲，諾亞似乎沒聽見。不過，奧斯卡調戲瑪荷洛的事還是被他發現了吧。諾亞看似不高興地停下腳步。

「喂，走路別說話。」他不客氣地瞪著奧斯卡，低聲警告對方。

奧斯卡聳了聳肩，一副若無其事的樣子離開瑪荷洛身邊。反觀瑪荷洛可是大驚失色，一顆心跳得飛快。剛才那句話多半是一如往常的輕浮玩笑吧，不過瑪荷洛希望他別在這種地方捉弄自己。

「要走哪條路呢？」

前方出現湖泊，而路就在湖泊前面分岔了。湖泊周圍的雜草只有腳踝高，因此非常好走。校長與卡里拿出地圖討論，最後決定走右邊那條路。

「這裡的水可以喝嗎？」卡里探頭察看湖面，提心吊膽地詢問校長。

「不知道呢。當時我怕有問題，所以沒喝過。」校長面露苦笑，繼續趕路。

跟著眾人邁開腳步的瑪荷洛不經意看向湖泊，發現湖中央濺起了水花。

（那裡是不是有東西呀？是魚嗎……？）

瑪荷洛目不轉睛地凝神細看，結果一張人臉冷不防浮出水面，嚇得他差點腿軟。

「唉唷，你怎麼……」在背後的奧斯卡扶住瑪荷洛的身子，不過下一秒他就目瞪口呆了。

看來奧斯卡也看到了——那個半張臉浮出水面的異樣生物。這生物有著溼漉漉的綠色頭髮與貓一般細長的眼睛，正從湖裡窺視著他們。

「怎麼了？」諾亞發覺瑪荷洛與奧斯卡都僵住了，便停下腳步問道，但這時湖上已看不到任何東西。

剛剛的生物是什麼呢？如果是怪物就太可怕了。

「剛剛有奇怪的東西……，呃……」奧斯卡囁囁嚅嚅，不知該怎麼說明。

「是不是出現了人魚呀？畢竟這裡也可算是異界嘛，老是大驚小怪的話會累死自己的。」注意到後方騷動的校長笑著說道。

那是人魚嗎？不過如果是人類，潛在水裡那麼久的確很不尋常。

「我們來到很不得了的地方呢。」奧斯卡拍了一下瑪荷洛的肩膀，笑著對他這麼說。

瑪荷洛莫名覺得走在水邊很恐怖，連忙貼近諾亞的背後。畢竟現在夜幕低垂，說不定是自己看錯了。瑪荷洛這般安慰自己，只管追著前方提燈散發的亮光。

走了大約一個小時後，總算出現像樣的路。這大概是野獸出沒的小徑吧，看得到踏平的痕跡，走起來輕鬆多了。路越走越陡，不久就看到了石階。石階圍著山坡建造而成，繞了一大圈後，景色驟然一變。

「看得到第一座神殿了呢。」走在前頭的校長這麼說。

破敗的神殿伴隨著話音映入視野。四根崩倒的高大圓柱就留在原地。此外還有看似用石頭堆砌而成的建築物，但泰半都已毀壞，暴露出建築的內部。

「哇啊……」瑪荷洛興奮地驚呼。不光是他，奧斯卡與士兵們也發出歡呼聲。他們都不曉得，克里姆森島的這一邊居然有這種東西。在月光的照射下，亮白的神殿清晰地浮現在黑夜之中。

「好壯觀啊，這是古代文明的遺跡嗎？」卡里欣喜地詢問校長。

建築物崩塌了一大半，不過一名士兵以提燈照亮四周後，發現了通往地下的階梯。堆疊的石頭縫隙長著開了花的雜草。

「聽說這是古代神祇的陵墓。可別跑進去啊，不然會遭到古代神祇詛咒喔。」

校長叮嚀探頭窺看地下階梯的士兵。那名士兵慌張地把頭縮回去，趕緊返回隊伍。

「這裡的建築出自森人之手嗎？」卡里興致勃勃地詢問校長。

「應該是吧，詳情我也不清楚。今晚就在這裡紮營休息吧。天一亮就出發。」

校長向卡里示意道，於是今晚決定在這裡野營。士兵們動作俐落地搭起帳篷。瑪荷洛抱著阿爾比昂望著神殿，沉浸在感動之中。他感受到克里姆森島的這一邊，從前是存在著信仰的。最起碼被稱為森人的人們，曾在這裡過著崇拜神祇的生活。

有的士兵在生火，拿湯鍋煮水，有的士兵在查看周遭的狀況。瑪荷洛仰望夜空中的星斗，這時諾亞走過來抱緊他。夾在中間的阿爾比昂跳出瑪荷洛的臂彎，坐在他的腳邊。

「瑪荷洛。」諾亞摘下瑪荷洛的帽子，嗅著他的頭髮。

諾亞在耳後與頭頂聞來聞去，聞得瑪荷洛怪不好意思的。

「我好喜歡你的味道。」諾亞與瑪荷洛額頭相抵，神情看起來頗為幸福。

「那邊的兩位，別在這種地方親熱放閃。」站在遠處的校長責備道，瑪荷洛聞言為難地笑了笑。諾亞依舊摟著瑪荷洛的肩，不肯跟他分開。

「我們會輪流守夜，各位請休息吧。」

在卡里的促請下，瑪荷洛他們喝完一杯水後，便躺進帶來的睡袋裡。阿爾比昂也將嬌小的身軀鑽進睡袋裡。瑪荷洛是第一次在戶外睡覺。據說徒步走到目的地要花三天的時間。他懷著些許的興奮與期待進入夢鄉。

翌日天一亮眾人便起床，吃完早餐後就立即動身。一行人從神殿所在的位置再度進入森林，看著指南針前進。雖然偶爾有蛇從草叢裡竄出來，或是有四腳野獸從遠處窺視著他們，不過一路走來都沒什麼大問題。

之前騎著校長的掃帚從上空俯瞰時，只看得到綠樹與岩山等大自然景色，但像這樣走在森林裡，卻發現到處都有神殿與汲水處。

「校長，我們難道不能騎掃帚咻地飛過去嗎？」

中午聚在篝火前休息時，奧斯卡不解地提出這個問題。若要徒步前往目的地，這段距離確實有可能太遠了。

「我說過很多遍了，這裡沒辦法使用魔法。據說這個地方存在著特殊的神祇，如果沒得到那位神祇的許可就什麼也做不了。所以我們才得自己生火，不管做什麼都得使用原始的辦法呀。至於使魔，則是令人驚奇的事實呢。」校長喝著咖啡，語帶諷刺地回答。

對喔，隊伍裡分明有能施展火魔法的諾亞，但大家每次都是使用火柴來生火。

「需要這個地方的神祇許可啊⋯⋯」奧斯卡一臉遺憾地撩起頭髮。

「要是能使用魔法，就可以更常來這裡調查了。可惜只能踏踏實實地靠雙腳前進，凡事都得用原始的辦法解決。」話說到這兒，校長就被士兵們叫走了。

「真是不可思議耶～這裡分明有那麼多的精靈，居然用不了魔法。」

奧斯卡環顧四周，訝異地瞪圓眼睛。見他的視線在空中飄移，彷彿在看什麼一般，瑪荷洛疑惑地歪著腦袋瓜。

「奧斯卡學長，你看得見精靈嗎？」他不經意地開口問道，奧斯卡立即露出不妙的表情。

難道這件事不能問嗎？瑪荷洛轉頭看向諾亞。諾亞瞥了士兵們一眼，然後倒了第二杯咖啡。

「那邊似乎沒聽到，應該不要緊吧。」聽到諾亞這麼說，奧斯卡這才一臉安心地撓了撓後頸。校長與士兵們正在稍遠的地方，邊看地圖邊討論事情。

「其實就算看得見精靈也沒什麼了不起啦，但這件事要保密喔。」

奧斯卡擺出笑容帶過這個話題。儘管不明白看得見精靈一事為什麼不能說出去，瑪荷洛還是乖乖點頭。

雖然瑪荷洛看不見精靈，不過這裡是個被大自然環繞的地方，所以不難想像精靈應該很多。他在魔法課學過，精靈非常喜歡大自然，而且沒辦法待在汙穢的土地上。此外，施展魔法時會呼叫精靈請祂們幫忙，不過在綠意盎然的地方，與在有害之物眾多的地方呼叫精靈，兩者的魔法威力是不一樣的。

這個地方分明有許多精靈，為什麼魔法卻無法使用呢？難道守護這片土地的神祇禁止人類使用魔法嗎？

「話說回來，校長！我們還要走多久才能抵達目的地？已經走完一半路程了嗎？」奧斯卡對著站在遠處的校長問道。

「連一半都還沒走完呢。我們差不多該出發了。」校長收拾行李，催促瑪荷洛他們。瑪荷洛不經意看向諾亞，發現他帶著非常憂鬱的神情盯著篝火。不知道是不是自己多心了，總覺得他的話越來越少。

「諾亞學長，你沒事吧？」諾亞大概是陷入沉思了吧，瑪荷洛輕碰他的手臂，他便像是嚇了一跳般欠身欲起。

「抱歉。我沒事。」諾亞露出生硬的笑容，慢吞吞地站起來。

他很不願意接近留下不愉快回憶的地方吧。一想到諾亞是為了自己才來的，瑪荷洛就覺得過意不去。

話說回來，越過邊界之後，氣溫就陡然升高，到了夜晚也不怎麼覺得寒冷。學校那邊與這邊的體感溫度落差太大了。這到底是怎麼回事呢？

接到士兵的通知後，瑪荷洛他們再度撥開茂密的雜草，邁步前進。

黃昏時分，瑪荷洛他們抵達一座大神殿。跟最早見到的神殿相比，這座神殿仍保留著建築物的外形，乍看像是教堂或修道院。做為建築物入口的拱門還在，但天花板本身早已塌落。銜接入口的石板路保留得比較完整。

「今晚就住這兒吧。這裡以前是修道院。」

校長推門走進修道院裡面。瑪荷洛也與諾亞一起隨著校長往前走。寬敞的大廳裡擺了好幾張木製長椅，後方有看似祭壇的物品。這裡多半是大聖堂吧。

士兵在牆上找到放置油燈的凹槽，點亮三盞提燈做為照明。光是四周有牆壁圍著，感覺就變得很不一樣。

瑪荷洛抱起阿爾比昂，從大聖堂的側門往內走去。結果他發現一條包圍中庭的四方形迴廊，幾個小房間連接在一起。那應該是生活在這裡的人們所住的房間或工作室吧。家具幾乎都沒有保留下來，到處都是灰塵。不過，相較於沒有天花板的大聖堂，這裡勉強還有屋頂。

「這座設施比我想的還大呢。」諾亞看著建築物驚嘆道。

「從前有很多人在這裡生活嗎？」瑪荷洛回到大聖堂，這般詢問校長。

而諾亞說要到外面走走，便推門離開了。

「聽說他們祭祀的神祇跟我們不一樣喔。」

校長與士兵們分工合作，巡視建築物內部檢查有無危險。大聖堂的祭壇後方，有座通往地下的階梯。記得最初見到的神殿好像也有地下階梯。

瑪荷洛將行李放在長椅上，然後站到祭壇前方的圓形石器前面。由於缺了天花板，這個直徑約五十公分的石器都積水了。

（這水可以喝嗎？）

「哇！」

瑪荷洛探頭察看積水，沒想到石器竟突然濺起水花，嚇得他趕緊跳開。水噴到了他的臉上。阿爾比昂也叫了一聲，拔腿狂奔遠離石器。是不是有什麼生物躲在裡面呀？

「你剛剛懷著不敬的念頭吧。」校長不知何時站在他旁邊，咧嘴一笑。

瑪荷洛抬起手臂擦臉，回答校長：「我在想那水能不能喝。」

「不行不行，這是古代文明的人們當作神具使用的物品喔。只有在面臨最惡劣的情況時，才能夠飲用這裡的水。其他人也一樣，在這個地方可別心存不敬的念頭，古代神祇正在監視著我們。要是存有不正經的念頭，馬上就會遭到天譴喔。另外，這裡的東西絕對不能帶出去。」校長用宏亮的聲音說道，好讓士兵們也能聽見。

聽校長說古代神祇在盯著他們，瑪荷洛便提醒自己要當心。阿爾比昂從遠處看著他，好似在觀察是不是沒事了。見瑪荷洛招了招手，牠才搖著尾巴跑過來。

「我到外面巡過了，連一隻野獸都沒看到，這裡應該很安全。」奧斯卡以悠哉的語氣這麼說，走向瑪荷洛他們。看來他對修道院內部沒什麼興趣。

晚餐就在修道院外面生火，將士兵們帶來的食材放進鍋內，再添加肉乾煮成燉菜。

用完餐後，他們決定在有屋頂的房間睡覺。瑪荷洛跟校長、奧斯卡及諾亞睡在同一個房間。準備睡袋時，瑪荷洛沒見到諾亞的身影，他放心不下，便在建築物內部找了一會兒，但到處都沒見到人影。想到諾亞越來越沉默，瑪荷洛就很擔心。

「諾亞學長！」瑪荷洛在修道院外面東轉西晃，最後在樹蔭下發現諾亞的身影。諾亞正在抽菸。瑪荷洛第一次見到諾亞抽菸，內心相當驚訝。阿爾比昂發出低吼聲，像是在責備他似的。

「諾亞學長……，原來你會抽菸啊。」瑪荷洛慢步走近，以免惹對方不高興。諾亞見狀，將抽到一半的菸扔到地上踩熄，然後蹲下來。

「我鮮少抽菸。因為心情很糟，想排解一下才找士兵要了一根。」諾亞將踩熄的菸蒂收進口袋裡，然後坐在樹根上。瑪荷洛坐到旁邊緊挨著他。阿爾比昂也湊到瑪荷洛身邊。

「諾亞學長，你果然不想來吧……對不起。」

諾亞之所以一反常態，是因為想起了不愉快的往事吧。瑪荷洛深深覺得自己一直在給他添麻煩，不由得垂下目光。

「你沒必要道歉。不過說真的，我很想現在就轉身回去。行動倒還好，但像現在這樣有時間想事情，就一定會想起不愉快的回憶。」諾亞摟著瑪荷洛的肩膀將他拉向自己，並將臉頰湊了過去。諾亞吐出的氣息殘留著菸味，瑪荷洛忍不住哼出一聲鼻音。見諾亞的脣接近自己，瑪荷洛閉上眼睛，暗自祈禱此時不會有人過來這裡。

「……嗯。」諾亞的脣吸住瑪荷洛的脣。雖然不喜歡菸味，瑪荷洛仍默默接受這個吻。諾亞像是要盡情品嘗瑪荷洛的嘴脣般，將他摟進懷裡吻著，不斷製造出吸吮聲。

「……我是在十歲那年來到這裡的。」吻了好幾次後，諾亞才擠出聲音說起當年事。

「老爸說這是聖約翰家的義務，強行把我帶來這裡。由於我才十歲，要跟上士兵們的步調非常吃力，但當時我還很尊敬老爸，所以很努力跟著他們。」諾亞摟著瑪荷洛的肩膀，嘆了一口長氣。

「年紀還小的我單純覺得奇怪，為什麼不找大哥，而是帶我過去呢？即使這麼問老爸，他也只會告訴我尼可多半是不行的，後來老爸就將我引見給祭司。至今我仍忘不了當時的情形，那個宛如幽靈一般看起來很陰沉的男人指著我，讓我做了一場恐怖的惡夢。」

大概是想起了當時的情況吧，諾亞打了個寒顫皺起眉頭。平時霸道又毒舌的諾亞，正為過去的記憶所苦。瑪荷洛擔心得不得了，目不轉睛地看著諾亞。

「當時年紀小，所以記得不是很清楚，不過那個時候我好像見到了這座島上的神。神授予我賦禮，然後用平板的聲調說，祂要接收我養母的性命。」諾亞一口氣說完後，吐出憋著的那口氣，撩起頭髮。

「學長的……養母？」瑪荷洛忍不住複述一遍。

「對。自己多年來視為母親的那個人，其實並不是我的生母。之前我完全不曉得這件事。我是老爸外遇生下的孩子，母親卻把我當成親生兒子養育。因為母親對我視如己出，充滿了母愛，我從來不曾懷疑自己並非她的孩子。而那麼慈祥善良的人，卻被我害死了……」

諾亞露出悔恨的神情低垂著頭。

「這不是諾亞學長的錯。」瑪荷洛握住他的手，想要安慰他。

諾亞慨慨地抬起頭，淡淡一笑。

「因為這件事，從此以後我就跟老爸陷入冷戰。我也覺得很對不起大哥。」

得知諾亞對尼可敞開心房的原因後，瑪荷洛的心都揪了起來。他人或許都以為諾亞很冷漠，是個有缺陷的怪胎，其實不然。他是個很深情、很正常的普通人。

「諾亞學長……」瑪荷洛依偎在諾亞的懷裡，手繞到背後抱住他。瑪荷洛想不出安慰的話來。諾亞怪罪父親，但父親一定有非這麼做不可的隱情。想是這麼想，他又不能說出坦護父親的話。

「——問你個問題。假如必須喝下其中一種藥，你會選擇被心愛之人討厭的藥，還是被心愛之人遺忘的藥？」諾亞輕笑著問道。瑪荷洛思索了片刻後，靦腆地笑道。

「我會選擇被遺忘的藥吧……？要是被對方討厭我會很難過的。」瑪荷洛的回答讓諾亞露出微笑。

「我倒是不希望被對方遺忘，哪怕對方討厭我也無所謂。因為我有自信，絕對能讓對方再度喜歡上我。」見諾亞說得自信滿滿，瑪荷洛傻眼地挪開身子。

「諾亞學長這一點，很讓人受不了耶。」諾亞笑著抱緊瑪荷洛，親吻他的耳垂。彼此的身體緊貼在一起，一股既溫馨又令人想哭的酸楚便湧上心頭。這種心情該如何稱呼呢？

瑪荷洛默默地任諾亞抱緊自己。他暗自下定決心，絕對要守住這份溫暖。

一行人在修道院度過第二個夜晚，瑪荷洛則於周遭變亮時醒來。大概是睡在睡袋裡的緣故，他沒睡得很熟，感覺有些疲倦。以隨身口糧當作早餐填飽肚子後，便收拾行李準備動身。

「咦！要走這條地下道嗎？」耳邊傳來卡里的說話聲，瑪荷洛走向他們。

「對，順利的話最快今晚就能抵達。」校長看著地圖點頭道。

士兵們聽從卡里的命令，著手調節提燈的油。還以為又要在宛如蠻荒的叢林裡行進，結果接下來要走地下道。大聖堂的後方有座地下階梯，聽說那是通往目的地的捷徑。

「要是這間修道院沒保留下來，應該要花三天以上，幸好地下道似乎還能使用。如果走地面上的路線，之後會經過危險野獸出沒的地方。況且地面上還有龍的巢穴，這類危險能避則避。基於這些考量，我才會打算走地面下的路線。」

「終於快到目的地了呀。」奧斯卡似乎興奮了起來，面露賊笑做著伸展運動。反觀諾亞則一臉鬱悶喝著水壺裡的水。

「那就出發吧。」

準備就緒後，一行人便動身走下通往地下的階梯。卡里提著油燈走在前頭。見士兵們藉著燈光陸續消失在黑暗的地下道裡，瑪荷洛莫名不安起來。或許是感受到他的情緒吧，諾亞主動牽住他的手。待在背包裡的阿爾比昂抖個不停，不知道是不是怕黑。牠的顫抖透過背包傳了過來，使得瑪荷洛更加緊張，不斷做著深呼吸。當諾亞的手掌溫度讓瑪荷洛恢復冷靜後，阿爾比昂也不再發抖了。

潛入地下後，士兵分成三組，各自在最前面、中間、最後面提著油燈照亮四周。細長的道路一直延伸到深處。前途黑暗莫測，即使有提燈也很難迅速前進。

「空氣沒問題。我們邊走邊說話吧。」卡里謹慎地邊走邊說。

眾人排成一列緩慢步行，瑪荷洛則握著諾亞的手邁動雙腳。提燈散發的朦朧亮光左搖右晃。這條地下道不知是誰建造的，不過值得慶幸的是，綿長的路面鋪滿了石塊，走起來很輕鬆。

「呀！」

一道黑影從燈前掠過，嚇得瑪荷洛忍不住尖叫。才剛聽到振翅聲，那隻蝙蝠就不知飛到哪兒去了。蝙蝠也被侵入者嚇到了吧。諾亞的笑聲緩解了瑪荷洛的緊張情緒。

「校長，我們昨天也有發現破敗的神殿，那些神殿都是森人建造的嗎？為什麼都毀壞了？」諾亞邊走邊詢問校長。

「聽說這一帶從前也有森人的聚落，所以神殿應該是他們建造的。森人人口銳減，如今剩下的島民都聚集在這座島的東邊。據說是因為這上面有危險的野獸……也就是闇魔獸。牠們好像會襲擊森人。」

聽到闇魔獸這三個字，瑪荷洛的心臟頓時漏跳了一拍。之前齊格飛曾用闇魔法叫出凶猛的野獸，就是闇魔獸嗎？也就是說，這上方存在著那種可怕的野獸嗎？

「因為闇魔獸變多，森人才會逃到安全的地方是嗎？這不是最近才發生的事吧？」奧斯卡以揶揄的口吻說。神殿看起來就跟廢墟沒兩樣。崩塌毀壞的建築物上還覆蓋草木、爬牆虎與苔蘚。

「據說這一帶有山岳，闇魔獸的巢穴就在那裡。聽森人說，很久以前有許多能擊退闇魔獸的高手，不過……現在呀，唉。」校長話說得含糊。

「原來如此。也就是說，我們把闇魔法一族趕盡殺絕，所以就沒有人能夠操縱闇魔獸了，是嗎？」諾亞露出諷刺的笑容。聽到這項令人震驚的事實，瑪荷洛不禁停下腳步。

「什麼？這麼說，這裡曾住著闇魔法一族嗎？」

說出這句話的同時，瑪荷洛想起了一件事。齊格飛說過，闇魔獸被關在克里姆森島的地底下。屬於闇魔法一族的齊格飛，能夠操控闇魔獸。而授予賦禮的祭司據說可能是光魔法一族，這座島究竟是……？

「這下得說出這個國家的重要祕密哪。看似突然出現在歷史上的闇魔法與光魔法這兩個家族，其實原本生活在這座島上。後來闇魔法一族掀起叛亂，好不容易擊退他們之後，當時的女王認為克里姆森島存在著特殊的力量，打算占領這座島，但這是相當浩大的工程。你們也見過齊格飛從地底下叫出闇魔獸的景象吧？這片土地有許多未解之謎。而且這個禁入區，只有森人與闇魔法一族、光魔法一族有辦法定居在此。雖然有外地人在這裡待了半年之久，但最後全都因為身體不適而離開這裡。為了在這種特殊的地方興建軍官學校，國家召集五大世家厲害的魔法師，將所有東西都關在地底下，這才終於將這座島的一部分改造成我們能夠利用的狀態。」

瑪荷洛頭一次得知這段未公開的歷史，勾起了他的興趣。

「據說改良土地花了近百年的時間，接著又在一百年前創設羅恩軍官學校。本來國家是想將整座島收為己用，但東邊是完全無法踏入的領域。所以，現在仍舊會像這樣派遣部隊進去調查內部，但因為無法使用魔法，調查進度十分緩慢。」

校長以投降放棄的口吻這般說明，瑪荷洛聽完之後說不出話來。他猜想，或許就是這個緣故，齊格飛才會重視占領這座島一事。既然這是自己的祖先所居住的土地，想要搶回來也是很正常的。

「這種行為不就跟掠奪差不多嗎？沒想到羅恩軍官學校的創校經過會是這樣，真教人震驚耶。」奧斯卡一副覺得很掃興的樣子這麼說。

「歷史就是這麼回事吧。闇魔獸性情殘虐又擅長狩獵，除此之外，這裡還有龍的巢穴。如果沒有這兩個阻礙，就能進一步瞭解這座島的事了。關於闇魔獸增加，森人人口銳減的原因，你們都瞭解了嗎？我上一次來是在二十年前，當時神殿就已經崩塌了。」

在黑暗中側耳細聽校長那沉穩的話音，瑪荷洛想起了一件事。齊格飛之前也說過，這座島存在著祕密。

「本土沒有闇魔獸吧？這是為什麼呢？」瑪荷洛感到疑惑，於是提出這個問題。

「因為闇魔獸似乎偏愛這個溫暖的地區。不過闇魔法一族掀起叛亂時，本土也出現過闇魔獸。有文獻提到，當時費了好大一番功夫才將牠們消滅殆盡。」

這是杜蘭德王國黑暗時代的歷史。瑪荷洛再度覺得，古人真的過得相當辛苦。

「……我喘不過氣了。」

現場突然響起一道低沉的說話聲，前方一名士兵蹲了下來。校長與走在前後方的士兵紛紛趕過去，探頭察看那名士兵的臉。在燈光的映照下，看得出那名蹲下的士兵神情痛苦地按住喉嚨。

「糟了。詛咒發動了。」校長表情僵硬，鬆開士兵的衣襟。那名士兵面色如土，呼吸急促。最後大概是撐不住了吧，士兵倒了下去，瑪荷洛頓時繃緊神經。發生什麼事了!?

「喂，我問你。你在昨天住的修道院裡做了不好的事吧？你做了什麼？」校長將臉湊近那名士兵，這般質問道。校長說這是詛咒，到底是怎麼回事呢？

「他究竟是怎麼了……！難道是吸入了有害氣體⁉」卡里摀住嘴巴，粗聲大叫。

「不會吧……！現在立刻折回去吧！」其他士兵也驚慌失措。

「不是。你們看，他的額頭是不是浮現了黑斑？那是遭到這裡的神祇詛咒才會出現的記號。這裡的神祇會懲罰為惡之人。」校長將燈光湊到倒地士兵的額頭前，語帶申斥地對著快要陷入恐慌的士兵們說道。就跟校長說的一樣，那名士兵的額頭上出現一塊形狀如展翅之鳥的黑斑。

「你們知不知道他做了什麼⁉」卡里質問跟昏倒的士兵很要好的士兵。

「這麼說來……昨晚他抽了菸……，但總不會是因為這種事吧？」

其中一名士兵像是想了起來般喃喃地說。

「菸蒂怎麼處理？」校長露出銳利的目光問道。

「就直接扔在那裡……啊！」士兵似乎也注意到了。昏倒的士兵將菸蒂扔在修道院裡。對了，昨晚諾亞也抽了菸，但之後他把菸蒂撿起來，收到口袋裡。

「恐怕就是這件事了。那裡曾是修道院，把菸蒂扔在那種地方很不好哪。沒辦法了，那邊的小夥子過來一下。」校長把走在最後面的士兵叫來，要他背起昏倒的士兵。那名士兵看起來呼吸得很痛苦，而且渾身無力。

「你帶這小子回到扔菸蒂的地方，叫他自己收拾。這樣一來症狀應該就會解除了。真是的，本來有七名士兵，現在剩下四名了呀。」

校長將一盞提燈交給士兵，並且諄諄叮嚀他絕對不能做出不敬的舉動。她說，那名士兵應該不至於會死。瑪荷洛聞言鬆了一口氣，由於自己也被水花噴到，他不禁覺得這裡的神祇是會直接給予懲罰的嚴厲神明。得繃緊神經多加留意才行。瑪荷洛忍不住看向諾亞。

而大概是誤以為瑪荷洛在責怪自己吧，諾亞從鼻子發出一聲冷哼。

「我有提醒他們要把菸蒂收好，這要怪那小子沒把別人的話聽進去吧。」

「你早就知道會這樣嗎？」奧斯卡興致勃勃地問道。

「以前來這裡時老爸說過，垃圾絕對要帶回去。還有，不要擅自帶走任何東西。」諾亞扭著脖子說明，奧斯卡一臉認真地聽著。

「抱歉，是我部下不對。接下來的路程有四個人就夠了。我們趕快前進吧。」

卡里確定剩下的士兵沒帶走任何東西後，向瑪荷洛他們低頭道歉。瑪荷洛轉頭望向折回修道院的那名士兵，大概是因為他背著身體不適的士兵行走的關係，燈光搖搖晃晃的，那道背影與亮光逐漸變小變遠。

人數越來越少，瑪荷洛沒來由地擔心起來。這裡存在著特殊的規則。自己就好似闖進異界一般，心裡很不踏實。瑪荷洛提醒自己不要大意，繼續走在漆黑的隧道內。

一行人在隧道內連續走了兩個小時左右。由於一路上都是同樣的景色，漸漸地都搞不清楚有沒有在前進了。查看手錶，指針很正常地走動，所以自己確實有在前進才對，但不管怎麼走都還是在同一片黑暗之中，實在讓人越走越鬱卒。

「還要走多久呢？」士兵似乎也跟瑪荷洛一樣鬱悶，頻頻對著走在前頭的卡里說話。他們都是經過特殊訓練的士兵，所以體力應該不成問題，但這條隧道會讓人精神狀態變差。

「我們休息吧。」卡里可能也擔心士兵身心俱疲吧，他命令隊伍停下來吃點東西。瑪荷洛也就地坐下，拿出背包裡的餅乾。攝取糖分之後，心情變得輕鬆一點。阿爾比昂則窩在背包裡睡覺。

「喂，快看那裡。」就在瑪荷洛啃著餅乾之際，前方的士兵突然鼓譟起來，舉起掛在肩上的長槍。瑪荷洛急忙循著他們的目光看去，發現地下道的深處，慢慢浮現一道形狀像人的模糊白影。遠遠一看分辨不出那是什麼東西，那道白影搖搖晃晃地朝他們而來。

「慢著，不准開槍。」卡里喝斥膽怯的士兵，謹慎地觀察狀況。諾亞繞到瑪荷洛身前護著他。瑪荷洛將頭湊近諾亞的肩膀，提心吊膽地察看那道搖來晃去的白影。

白影一點一點地緩慢靠近。隨著距離縮短，瑪荷洛忍不住倒抽一口涼氣。

那道人形白影晃晃蕩蕩地移動。

「我的天，是『惡食幽靈』。糟透了。怎麼偏偏在這種地方碰上祂。」校長壓低聲音，仰天嘆道。眾人的視線全集中在她身上。

「你們都聽好了。只要我們不動，那玩意兒就不會發動攻擊。千萬不要動。一旦動了，就會沒命。」校長一臉絕望地低聲說明。

惡食幽靈？

「不能開槍嗎？」一名士兵按捺不住內心的恐懼，想要扣下扳機。

「那玩意兒沒辦法用這種東西解決掉。聽好了，千萬不要動。我們只能等祂通過，除此之外，別無他法。」

語畢，校長命令瑪荷洛他們貼牆站好。瑪荷洛將背靠在土牆上，一動也不動。阿爾比昂也乖乖窩在背包底層。由於牠是使魔，即使被發現也不會死吧，不過麻煩還是能避則避。瑪荷洛暗自祈禱牠不要亂動。

「……」站在旁邊的諾亞握住瑪荷洛的手，挨著他的身子。諾亞似乎也是第一次見到惡食幽靈，不過大概是好奇勝過恐懼吧，他的眼睛都亮了起來。

惡食幽靈逐漸靠近瑪荷洛他們。

當距離越來越短，只差幾公尺時，瑪荷洛的心跳聲也隨之變得吵雜，他都不禁擔心聲音是不是大到眾人都聽得見。惡食幽靈經過站在最前頭的卡里面前時，隨著距離越來越接近，瑪荷洛興起一股難以言喻、不寒而慄的感覺。心情就好似面臨世界末日一般，絕望、痛苦且沉鬱。

惡食幽靈猶如氣球般輕飄飄地通過瑪荷洛他們的面前。瑪荷洛屏住呼吸，祈禱祂快點離開。他的心中充滿了恐懼。身體似乎就要劇烈顫抖起來。好恐怖，好可怕。神啊，請救救我。

「──────」

搖搖晃晃正要通過這裡的惡食幽靈忽然停下來。祂霍地轉過來看向他們。瑪荷洛恐懼到心臟就快停止跳動，渾身僵硬。那個名為「惡食幽靈」的玩意兒，形狀的確像人。不過眼睛是兩個黑色窟窿，全身垂掛著猶如海藻的東西。看上去實在很噁心。這玩意兒靠近瑪荷洛──原來他搞錯了。

惡食幽靈探頭盯著瑪荷洛旁邊的諾亞。諾亞猶如擺飾一般紋絲不動。瑪荷洛相當緊張，喉嚨險些抖動起來。它不知在好奇什麼，將諾亞的臉龐與身體仔細觀察個遍。換作是瑪荷洛，他絕對會驚聲尖叫落荒而逃。反觀諾亞卻是聽從校長的指示，一動也不動。

不久惡食幽靈遠離諾亞，再度移動。

啊啊，這下子終於能擺脫恐懼了——正當瑪荷洛這麼想時，排在奧斯卡後面的士兵發出怪聲，朝「惡食幽靈」開槍。

「別過來，別過來！不要過來！」那名恐懼到魂不附體的士兵大吼大叫，開槍掃射。子彈直接穿過惡食幽靈擊中牆壁。當中還有幾發子彈反彈回來，打在瑪荷洛他們的腳邊。

「呀啊啊啊啊啊！」

開槍的那名士兵按住喉嚨，當場翻了過去。原來開槍的當下，惡食幽靈就撲向士兵，從嘴巴鑽進他的體內，但因為事情發生在一瞬間，瑪荷洛沒看清整個過程。他只是受到驚嚇，整個人僵直不動。

「啊嘎……！唔……！」士兵掐著自己的喉嚨，在地上打滾。轉眼間他的臉就沒了血色，並且口吐白沫。

惡食幽靈消失不見了。

「糟了……啊啊，只差一點就能躲過去了說！」校長將帽子砸在地上。

已經可以動了嗎？瑪荷洛心驚膽跳，走到倒地的士兵旁邊。那名士兵死了嗎？還是昏了過去呢？他四肢攤開，一動也不動。

「他、他到底、怎麼了！」卡里摸了士兵的頸動脈後，臉色鐵青地說他死

了。

「『惡食幽靈』會鑽進活動之物的身體裡奪走其性命。此刻祂就在他的身體裡，所以我們安全了。但是，過了一晚後，祂又會再跑出來。我們必須在那之前燒掉他的遺體。如果就這樣放著不管，他會復活成不死者。」校長告訴眾人這項殘酷的事實。卡里受到打擊，輪流看著死亡的士兵與校長。

「怎、怎麼可能……不死者？這小子一直在我手下工作，是個認真的傢伙……」

卡里觸摸士兵的遺體，以顫抖的聲音這麼說。在這個國家，屍體都是採用土葬。焚燒屍體，會給遺族帶來難以承受的痛苦吧。

「難道沒有別的辦法嗎？人就算死了，我也要把遺體帶回去，還給遺族！」卡里大聲哀求道，校長傷透了腦筋。

「『惡食幽靈』鮮少出現。這次運氣特別差，竟然在這種地方碰上祂。屍體是一定要燒掉的。如果不燒，他就會變成不死者攻擊別人。不過，就算想焚燒遺體，在這種地方什麼也做不了……」校長皺起五官，神情看起來很懊惱。

瑪荷洛頓時感到相當疲憊，癱坐在原地。諾亞以認真的眼神看著死亡的士兵。剛才惡食幽靈那麼仔細地觀察諾亞，真虧他能夠保持不動。假如那個時候諾亞動了……。瑪荷洛登時不寒而慄，抱住手臂。

「我是第一次見到這種東西。看來上一次我相當幸運呢。」諾亞喘著氣低聲說道。

「真的，要是那名士兵沒出聲，我或許就大叫了。好驚人的壓迫感，感覺就像是遭人勒著脖子不放。」奧斯卡一副疲累的樣子倒在地上，瑪荷洛也是同樣的心情。惡食幽靈經過眼前時，他陷入了可怕的絕望感之中。

「總之不能把他的遺體放置在這裡。將他搬到地面上燒掉吧。」

校長聲色俱厲地吩咐卡里。卡里耷拉著腦袋，將這項任務指派給其中一名士兵，那副模樣著實令人同情。士兵含淚背起死亡的同袍，踏上來時路。

原本有七名士兵同行，如今只剩下伍長卡里以及有張紅臉的菜鳥士兵。光是去程人數就減少這麼多，他們真的到得了目的地嗎？這裡究竟是怎麼回事呢？

「快點趕路吧。伍長，麻煩再走快一點。畢竟無法保證不會碰上第二隻惡食幽靈。」

校長神情疲憊地拍了一下卡里的肩膀。

於是，一行人踏著沉重的步履繼續趕路。在彷彿沒有盡頭的黑暗之中，瑪荷洛只能不停邁動雙腳埋頭前進。

6 賦禮：第二個真相

連續走了約五個小時後，前方終於出現通往地面上的階梯。這五個小時，眾人皆沉默不語，一路上氣氛始終沉重鬱悶。一得知能夠回到地面上，眾人的臉色立刻明朗起來，紛紛恢復了精神。

「啊——空氣真新鮮！」爬上階梯來到戶外後，奧斯卡伸了個大懶腰吶喊道。

回到地面上的瑪荷洛也做了個深呼吸，好似要擺脫沉悶的氣氛一般。此刻已是晚上七點，皎皎明月懸掛在天上。雖然現場很暗看不清楚，他們似乎來到像是草原的地方。這裡應該也曾有神殿吧。現場遺留著四根斷成一半的柱子，以及斷垣殘壁。

「回程也是走這條路線嗎？走地面上的路線回去不好嗎？」

卡里張望四周詢問校長。這裡幾乎沒有高的建築物與樹木，視野頗為遼闊。此外也沒發現闇魔獸的蹤影，瑪荷洛同樣認為沒那麼危險。

「不，絕對是地下道那條路線比較安全。地面上有闇魔獸的棲息地。我們無法使用魔法。面對闇魔獸，只能赤手空拳應戰。雖然發現能夠叫出使魔，但單靠槍與劍不知道能戰鬥多久……」

校長一臉嚴肅地搖頭道。之前齊格飛喚出的闇魔獸，是非常可怕的猛獸。校長斬釘截鐵地說，若能使用魔法，她也樂意走地面上的路線回去，但既然無法使用魔法，自然是走地下道比較安全。

「天色已暗，今天就在這裡紮營吧。」校長說，即便已接近目的地，還是別勉強趕路為妙，於是決定在這裡稍作停留。眾人搭好帳篷，生火，各自吃著隨身口糧。諾亞直盯著火焰，左右移動自己的手。

「真的沒辦法使用魔法。這實在很不可思議。到底是為什麼呢？」

諾亞覺得不能使用火魔法一事很匪夷所思。

「這點我也不清楚。用森人的話來說，就是這裡的神祇擁有很強的力量，所以神不允許的魔法就不能使用。」校長一面用鍋裡冒著熱氣的開水按人數泡咖啡，一面解釋。卡里很早就吃完晚餐，正在筆記本上寫東西。

「您在寫什麼呢？」瑪荷洛好奇地問，卡里露出看起來很難過的笑容。

「女王陛下說，這裡發生的事以及見到的事物，全都要向她報告。」瑪荷洛有些同情地看著卡里。失去部下是很令人難受的事吧。

「女王陛下……是位怎樣的人物呢？」瑪荷洛決定換個話題，歪著腦袋問道。校長將熱呼呼的咖啡遞給瑪荷洛。喝上一口，溫暖的美味立刻沁入心脾。

目前統治杜蘭德王國的是維多莉亞女王。杜蘭德王國建國至今已有千年以上的歷史。

「她是一位很了不起的人物。具備知性與理性，個性溫柔和善，讓人願意豁出性命保護她。」一說起女王陛下的事，卡里的聲音就變得鏗鏘有力。女王陛下是一名雍容文雅的七十歲老婦人，深受國民愛戴，能夠成為女王陛下的直屬士兵是一件相當光榮的事。

「她與我是兒時玩伴喔。」校長品嘗著咖啡微笑道。

「原來是這樣啊！」卡里聞言眼睛都亮了起來，對校長的態度變得更加恭敬。

「女王年輕時可是個淘氣的野丫頭，比一般的男人還要強悍呢。諾亞與奧斯卡應該都見過她吧？畢竟你們都踏入社交界了。」見校長把話題拋過來，諾亞與奧斯卡面露苦笑。

踏入社交界……五大世家的直系子弟有義務出席王家舉辦的聚會。齊格飛雖然不是直系子弟，但也受邀參加過幾次。瑪荷洛則不曾出席過這類奢華的場合。

「當然見過，也交談過。像我這樣的小夥子根本不是她的敵手哪。」諾亞難得稱讚他人。

「就是呀，女王陛下可是高高在上遙不可及的存在喔。不過只要她開口，我隨時都能奉陪就是了。」聽到奧斯卡說出大逆不道的話，卡里與另一名士兵都瞪著他。就算對象是七十歲的老奶奶，奧斯卡似乎也不介意。

「不好意思……校長，我遭到軍方拘禁時，是不是您替我去向女王陛下求助的呢？」瑪荷洛突然想到這件事，小聲詢問校長。之前遭軍方逮捕時，亞伯特中將曾說，有人認為應該處死瑪荷洛，最後阻止軍方救了他一命的人就是女王陛下。

「呵呵，凡是能利用的當然不能放過呀。不消說，諾亞也做了類似的事吧？」校長一隻眼睛衝諾亞眨了一下，面露微笑。諾亞只是揚起嘴角不語，但瑪荷洛明白，當時這兩個人都千方百計要解救自己。他再度感謝兩人，並在心中發誓有朝一日絕對要報答這份恩情。

「好啦，差不多該睡了。今天大家都累了吧。」

閒聊了約一個小時後，校長主動攬下守夜看火的工作。因為卡里與士兵昨晚也負責守夜，考量到他們應該很疲倦了，校長才體貼地自告奮勇。瑪荷洛也表示要陪校長守夜，但她委婉拒絕了。

由於人數變少了，他們分成兩個帳篷就寢。瑪荷洛躺在諾亞與奧斯卡之間，閉著眼睛。阿爾比昂則把鼻子塞在瑪荷洛的腰側呼呼大睡。

瑪荷洛想要睡覺，但無論如何就是會想起惡食幽靈的事。居然存在著那麼恐怖的東西，這座島究竟是怎麼回事呢？那玩意兒真的不會跑去學校嗎？下次再遇到祂，瑪荷洛實在沒自信能夠保持不動。那玩意兒會激起人的恐懼感。

瑪荷洛苦悶地想著想著，漸漸打起盹兒來。畢竟精神與肉體都累了，不知不覺間瑪荷洛陷入熟睡，直到有人推了推他的肩膀才醒來。

「瑪荷洛，天亮囉。」瑪荷洛呆呆地睜開眼睛，發現諾亞面帶微笑探頭看著自己。他懶洋洋地爬起來，打了個大呵欠。身體很沉重，腦袋也很遲鈍，整個人無精打采的。

「這次是你第一次野營吧。是不是開始覺得難受了？」諾亞以手梳理瑪荷洛的亂髮，一臉擔心地問。

諾亞與奧斯卡都有過數次野營與野外活動的經驗，所以早就習慣了。瑪荷洛進入軍官學校就讀才第一年而已，還沒有過野外活動的經驗。持續在不熟悉的環境過夜與步行，身體早已疲憊不堪。

「附近有條河。這一帶應該很安全，去洗把臉吧。」諾亞硬把瑪荷洛拉起來，他拖著疲軟的身體走出帳篷。神殿旁邊有條小河，河裡還有小魚游來游去。瑪荷洛睡眼惺忪地洗臉，冰涼的河水讓頭腦清醒過來。

阿爾比昂不知道是不是怕水，牠趴在稍遠的地方。河水十分清澈。昨晚因為天色很暗沒注意到，原來神殿的後方有座山，河水似乎就是從那裡流下來的。

「哇啊……」

重新觀察朝日之下的風景，他發現這裡是個綠意盎然、漂亮的好地方。高至腳踝的草叢蔓延到遠方。葉片迎風搖曳，各式各樣的花朵爭奇鬥豔。草原的對面排列著好幾塊大岩石。這些岩石大小不一，有些岩石疊在一起，另外還有成堆的細長石頭，呈現一幅奇妙的光景。那是用來舉行某種儀式的場所嗎？

「我們要去的地方就在那裡。看來應該能順利抵達，真是太好了。偶爾也會有隊伍因為遭到拒絕而無法抵達呢。」校長走了過來，抬手指向有著一排岩石的地方。據說大約只要一個小時就能抵達目的地。

「吃完早餐就出發喔。」校長拍肩提醒道，瑪荷洛點頭應答，然後喝了一口河水。

由於走了很長一段時間，他很想將髒兮兮的身體洗乾淨，但考量到此舉可能會惹這裡的神祇不悅，最後還是決定作罷。回到紮營地時，卡里已幫眾人煮好了一鍋湯。瑪荷洛拿麵包沾著添加了馬鈴薯的熱湯，填飽自己的肚子。這頓早餐吃起來既溫暖又美味。

熄滅篝火，收拾好行李後，瑪荷洛一行人再度啟程。他們排成一列，迎風走在草原上。偶爾有成群的鳥兒飛越過瑪荷洛他們。學校附近鮮少看到野鳥，不過這邊似乎有許多鳥類。

「哦，有人來迎接我們了。」

隨著距離縮短，遠處的岩石變得越來越大，不久走在前頭的校長放鬆了表情。眼前出現一個聚落。兩棵枝繁葉茂的大樹，宛如一道大門般豎立在前面。大樹旁邊是綿長的柵欄。那是用來劃分村落範圍的柵欄吧。柵欄約一公尺高，對面看得到疑似房屋的頂部。屋頂呈圓形，像一個倒扣的碗。

一名老人拄著拐杖，站在參天大樹之間。一發現瑪荷洛他們的身影，老人便大力揮手。

「不准對森人亂講話喔！他們是獲得這座島的神祇許可，能夠在這裡生活的特殊部族。」校長回頭叮嚀眾人。終於能見到森人了，瑪荷洛既緊張又期待。

距離越是接近，越能看清楚老人的模樣。這名老人有著白皮膚與黑眼珠，臉上的皺紋很深，蓄著白色鬍子。身穿貫頭衣，纏著有精緻刺繡的腰帶。

「歡迎光臨夏里德路達村。我是村長阿拉嘉奇，恭候各位多時了。」見瑪荷洛一行人走近，老人便笑咪咪地打招呼。阿拉嘉奇與站在最前面的校長握手後，隨即注意到站在後面的瑪荷洛。

「哦……這位是光之民。」阿拉嘉奇在瑪荷洛身前蹲下來，接著突然將額頭磕在地上。瑪荷洛嚇了一跳，連忙彎腰想要扶起阿拉嘉奇。

光之民是指光魔法一族嗎？

「請、請您別這樣。呃、那個……」見瑪荷洛手忙腳亂，校長跪在阿拉嘉奇旁邊，一隻手放在他的背上。

「這孩子是光魔法一族嗎？我們來這裡也是為了調查這件事。」聽校長這麼問，阿拉嘉奇抬起上半身，仔細觀察瑪荷洛。

「您不是瑪荷洛大人嗎？我對這副容貌有印象。您不記得了嗎？您年紀還小時，我曾短暫照顧過您一段時間。」

「咦！」瑪荷洛一臉迷茫，凝視阿拉嘉奇。他認識自己……？

「詳情稍後再談，我們先進村吧。想必各位都累了才是。」

阿拉嘉奇帶瑪荷洛他們進入聚落。村裡有幾名年輕男女，大家都穿著貫頭衣，束起黑髮。雖然比不上瑪荷洛，不過森人同樣是一支膚色白皙的部族，而且大家都跟瑪荷洛一樣有著一對黑眼珠。他們原本興味盎然地看著瑪荷洛一行人，一注意到瑪荷洛後，所有人都跪坐在地上朝他磕頭。

「唔唔，好恐怖。」瑪荷洛不曾受過這種待遇，動作僵硬地躲在諾亞背後。

看來在這個村子，光魔法一族是眾所周知的特殊存在。

阿拉嘉奇領著瑪荷洛一行人往內走。看似廣場的地方，有個以石頭堆砌而成的基座，上面吊著一口青銅大鐘。聽阿拉嘉奇說，他們一天固定會敲三次鐘，時間分別是上午七點、中午十二點以及下午七點。

森人的房屋呈半球形，近看發現是用泥巴之類的材料捏塑而成。每個房屋的弧形入口都是敞開的，看得到裡頭鋪著稻草。村落不怎麼大，粗略數來只有十幾間房屋。阿拉嘉奇招呼瑪荷洛他們到建在最裡面、格外大間的房屋。

「請進。」

進入屋內一看，有位年紀與阿拉嘉奇相仿的老婦人跪坐在地迎接他們。聽說不能穿著鞋子進屋，於是他們脫掉鞋子，走在鋪設的稻草上。天花板的高度似乎不到兩公尺，奧斯卡與諾亞皆彎著身子行走。

瑪荷洛好奇地環顧內部。屋內有各種大小的壺，以及用石頭鑿成的爐灶，手工製作的鍋子就疊起來擺放在這一邊。天花板垂掛著好幾串水果乾，房屋中央鋪著一塊有精美刺繡的圓形地毯。

「請用茶。」老婦人按人數泡好了茶，瑪荷洛他們則坐在地毯上休息。牆上到處都鑿了洞，陽光便是從那裡射入屋內。這間房屋與瑪荷洛見過的房子截然不同，眼前的一切全都很新奇。

「我們是來見祭司的，麻煩您幫忙引見。另外，如果您知道光魔法一族的事，希望您能告訴我們。」校長喝著散發柑橘香氣的茶，對阿拉嘉奇這麼說。

「我已經聽說了。見祭司之前，必須先淨身才行。後面有條河，請各位到那裡沐浴。另外，士兵不能進入神殿，所以麻煩兩位在這裡等候。」

阿拉嘉奇囑咐道，卡里不情願地點頭應答。由於事後還得向女王陛下報告，他其實很想一同去見祭司吧。

「終於要見到他了啊。」奧斯卡興奮得直發抖，兩隻眼睛都亮了起來。

「祭司是這裡的村民嗎？」卡里問道，阿拉嘉奇笑著搖頭。

「當然不是。祭司是住在地下的特殊人種——光之民，就是你們口中的光魔法一族。光之民鮮少外出，因此這次的事也是透過信件商定的。」

「原來是這樣啊？」卡里吃驚地停下寫筆記的那隻手。

「他們是能與神溝通的人。我們不能深究他們的事，這是自古流傳下來的規定。相對的，每個季節他們都會施予我們恩惠。不過，最近有件事很令人憂心……」阿拉嘉奇像是想起了什麼似的，頓時滿臉愁容。

「兩週前，一名村民見到了闇魔獸。這裡有光之民保護，闇魔獸理應不會跑來村子這邊才對呀……幸好最後闇魔獸折回森林裡，不過要是距離再近一點，那名村民可能就沒命了。事後我向祭司詢問這件事，但還沒收到回覆。」校長面露鬱色，瑪荷洛他們也不安起來。

「是不是祭司出了什麼事？」之前始終保持沉默的諾亞厲聲問道。

阿拉嘉奇一時間表情僵硬，對老婦人使了個眼色。

「坦白說我不清楚。但是十天前，祭司曾寫信告知我准許你們來訪一事。」瑪荷洛聞言鬆了一口氣。闇魔獸是在兩週前出現，而祭司是在十天前來信。換句話說，十天前祭司還活著。

「剛才看您似乎認識瑪荷洛，能不能麻煩您說明當時的情形呢？因為他沒有幼時的記憶。」校長喝完茶後，向阿拉嘉奇提起這個話題。

見阿拉嘉奇為難地看著自己，瑪荷洛也正襟危坐附和道，「麻煩您了。」

「我們偶爾會與祭司一起將光之民帶到外面。您也是在大約十三、十四年前，與其他的光之民孩子一起被帶到這座島的邊界……記得當時總共帶走了十一名孩子。」阿拉嘉奇一開口便揭露了重大資訊，瑪荷洛、諾亞與校長聞言皆倒抽一口氣。

十三、十四年前，是瑪荷洛五歲左右的時候吧。

「為什麼要這麼做？帶到這座島的邊界，該不會是為了將他們帶到島外吧？」校長謹慎地問道。

「我們並不清楚原因，也不能詢問祭司。我們只是遵從指示罷了。不過，他們應該是被帶到島外了吧。因為沒有光之民回到這裡。據我所知，回來的人只有現任祭司而已。」

仔細詢問後發現，阿拉嘉奇口中的「這座島的邊界」，似乎是指那道魔法門出現的地方。聽說祭司以前也曾前往島外，過了一陣子才回來這裡。

「各位所走的地下道，從前是一條完全不必走上地面就能直達邊界的通道，可惜現在到處都崩塌了。那是專為怕陽光的光之民建設的通道喔。」阿拉嘉奇語帶自豪地告訴眾人。地下道似乎是森人為光之民建造的。

話說回來，瑪荷洛小時候似乎真是從這裡被帶到島外的。瑪荷洛是在這之後被交到山繆・鮑德溫的手上嗎？然後又為了埋入特殊石頭，而被送到研究設施嗎？祭司為什麼要將瑪荷洛他們帶出這座島呢？瑪荷洛無法想像當時發生了什麼事，謎團變得更加撲朔迷離了。

所幸聽完這席話後，他還是明白了兩件事。雖然瑪荷洛完全沒有印象，不過他是在這座島上出生的。而且瑪荷洛出生時，島上還有其他的光之民孩子。

「不過五年前是最後一次帶光之民出去，那時候帶走了五人，之後就再也沒做過這種事了。你們接下來要去的地方稱為水晶宮，據說光之民都生活在那裡，但我們不曾去過，所以不曉得現在是什麼樣子。因為我們有規定不得探究光之民的事。」阿拉嘉奇一副理所當然的態度陳述道。

當年跟瑪荷洛一起被帶走的孩子，除了瑪荷洛以外全都死了。瑪荷洛無意告訴阿拉嘉奇這項事實。森人的行為是出於善意。他們肯定想都沒想過，自己送走的孩子們幾乎都死光了。而且，直到五年前為止，他們竟然都還在做同樣的事。那些孩子是否平安無事呢？

「我們將光之民帶往邊界，並在那幾天負責照顧他們。之所以能認出您，除了白髮與白皮膚這兩項特徵外，最關鍵的就是您的容貌仍保有小時候的影子。」阿拉嘉奇露出懷念的神情注視著瑪荷洛。

他知道的似乎就這麼多了，只要見了祭司，應該就能知道更詳細的資訊吧。瑪荷洛此刻的心情很複雜，他既害怕，又想知道真相。

「請問你們知道闇魔法一族的事嗎？」之前都默不作聲的諾亞，突然詢問阿拉嘉奇與老婦人。兩人一臉為難地面面相覷。

「聽說闇魔法一族從前也居住在這片土地上，不過我們出生時就已經……他們的聚落得翻過兩座山才能抵達，所以就算還有倖存者，我們也不會碰到面。」

「這裡有他們的聚落嗎……？」諾亞驚訝地半站起身。校長的表情也變得嚴肅，倏地瞇起眼睛。

「只是傳聞而已。不過，那附近也有闇魔獸的巢穴，要調查並非易事。女王陛下幾次命人前去調查，但那些人不是丟了性命，就是負傷回來。聽負傷回來的人說，那裡只有破敗的房舍遺跡。」瑪荷洛很介意諾亞那副嚴厲冷酷的神情，望了他好幾眼。

諾亞想知道什麼呢？

「村長，我想再請教您一件事。有沒有名叫齊格飛的年輕人來過這裡？這男人是闇魔法一族，有著一頭紅髮。」校長想獲得線索，於是詢問阿拉嘉奇與老婦人。她向兩人詳細描述齊格飛的外貌與特徵，但阿拉嘉奇斬釘截鐵地說，這個地方鮮少有外地人來訪。

「謝謝您。那麼，請您盡快安排我們跟祭司見面。」校長欠身這麼說。終於要見祭司了嗎？瑪荷洛繃緊神經，跟著站起身。

瑪荷洛他們從村子的入口沿著柵欄繞了一圈，前往位在後方的小河。由於校長是女性，她說要到沒人看得見的更上游處洗澡便獨自離開了。身為男性的瑪荷洛他們則在河邊石頭堆上脫衣服，然後踏進小河裡。

諾亞叫瑪荷洛到另一邊沐浴，於是他到稍遠的地方泡水。雖然瑪荷洛不在意，但諾亞似乎不想讓奧斯卡看到他的身體。剛才怕水而躲在一旁的阿爾比昂像是下定決心一般踏進河裡，但馬上就跳出來。牠甩了甩身體，將溼掉的毛甩乾。

小河深度及膝，河面約一個大人張開手臂的寬度。瑪荷洛先清洗髒兮兮的身體，然後將整張臉埋進水裡，連頭髮也洗乾淨。現在正值隆冬，這一帶卻很暖和，就算泡在水裡也一點都不冷。全身洗乾淨後，穿上阿拉嘉奇準備的白衣。這件貫頭衣是用觸感舒適的布料製成。

據說他們有規定，去見祭司的人不得穿戴這件衣服以外的衣飾，所以連底褲也不能穿，讓瑪荷洛有點不放心。兩條腿涼颼颼的。而且，聽說還得脫掉靴子赤腳走過去才行，不習慣赤腳走路的他很擔心自己的腳底。

「瑪荷洛，你整個人都是白色的耶～～」洗完澡與奧斯卡會合時，他一副興高采烈的樣子這麼說。

奧斯卡似乎從剛才就很興奮，情緒比平常還要高亢。反觀諾亞則是板著一張臉，眉頭始終皺得死緊。不過身穿貫頭衣的諾亞，猶如神話中的神祇一般高雅、俊美。

「諾亞學長，你要不要緊？」見瑪荷洛抱著換下的衣服走近，諾亞的嘴邊浮現一抹淡淡的笑。

「我只是因為流程跟當時一樣，記憶變得更加鮮明，心情怎麼也好不了而已。這次我是旁觀者。一旦有什麼事，我絕對會保護你……況且獨立魔法好像能夠使用。」諾亞用只有瑪荷洛聽得見的音量說道。

「什麼！」瑪荷洛吃了一驚，看向諾亞的脖子。

平常在學校都會戴著的那只銀頸環，此刻不在脖子上。

「我也很驚訝。剛才我趁奧斯卡不注意時，嘗試擊碎附近的石頭。結果，獨立魔法正常發動了。」諾亞張握著右手，瞇起眼睛。

魔法理應不能使用才對，然而獨立魔法卻能夠使用嗎？這是為什麼呢？瑪荷洛抱著疑問等待校長。

「讓你們久等了。那麼，把東西放下後就去見祭司吧。」

不久校長就過來與他們會合，四人一同邁開步伐。阿拉嘉奇現身，收下瑪荷洛他們的私人物品，交給老婦人。跟祭司見面的期間，私人物品就寄放在這裡。

「我們走吧。」阿拉嘉奇轉身，前往擺著巨岩的祭祀場。

剛才沐浴時瑪荷洛也很好奇，看來遠處那個擺著岩石的地方就是神殿。隨著距離縮短，他總算知道那些岩石有多巨大。那些巨岩應該有三公尺高，在山崗上排成一個圓。中央的面積跟演習場差不多。排成圓形的這些巨岩當中，還看得到在兩塊巨岩的上面再疊一塊巨岩的狀況。這麼大的岩石是怎麼搬上去的呀？

「這裡是神聖的場所——巨石陣。這個地方就是祭司所在的地下神殿入口。

據說只有受邀者得以進入，未受邀者則會留在這裡。」阿拉嘉奇站在巨岩圍起的空間中央這般說明。校長的臉上閃過緊張神色。也許校長內心很期待在場所有人都能獲得邀請。

仔細一看，每塊巨岩上都刻著沒見過的記號。這些記號看起來像是摹繪某種事物的形象，而且向著中央排成一圈。

「唔哇——實在很有古代文明的氛圍耶。」奧斯卡一副按捺不住興奮之情的模樣，尖聲驚嘆道。瑪荷洛則在煩惱，該怎麼處理黏著他的阿爾比昂。

「戴安娜站在最後面，諾亞站在她的旁邊，奧斯卡站在前面，瑪荷洛大人則站在這邊。那隻小狗要先交給我照顧嗎？」阿拉嘉奇仔細端詳瑪荷洛他們，安排四人站在不同的巨岩前面。

見阿拉嘉奇伸出手來，瑪荷洛原本打算將阿爾比昂交給對方，但阿爾比昂卻死抓著他不放，拒絕跟他分開。無可奈何之下，瑪荷洛決定將牠抱在手上。使魔也跟去不知道要不要緊？

校長所站的位置刻著形似雷的符號，奧斯卡所站的位置刻著形似鳥的符號，諾亞所站的位置刻著十字符號，瑪荷洛所站的位置刻著手掌符號。雖然很好奇這些符號有什麼含意，可惜現在沒時間發問了。

「那麼，祝各位都能順利見到祭司。」語畢，阿拉嘉奇退出巨岩圍繞的空間。

「咦？要怎麼從這裡……」

瑪荷洛才剛納悶地開口，地面就突然發光。他的腳下竄出好幾道光線，勾勒出一個魔法陣。瑪荷洛驚呆地以目光追逐那些光線，緊接著一道七彩光芒朝天空直射而去。不久七彩光芒就變成刺眼的白光，瑪荷洛的眼前頓時一片空白。

（什麼也看不見——）

白光晃得瑪荷洛忍不住閉上眼睛。腳下瞬間有股飄浮感，他嚇了一跳，略微彎著身子。再次睜開眼睛時，瑪荷洛發現景色全然不同了。

「哇、啊……」他情不自禁地發出驚嘆，張望四周。

剛才自己分明站在巨岩環繞的野外，現在卻身在看似巨大神殿的建築物內。牆壁與天花板閃爍著晶亮耀眼的透明光輝，兩者的材質應該都是水晶吧。兩排大柱子朝著神殿裡面等距排列。

瑪荷洛他們身處的地方有一座大祭壇。祭壇兩邊各擺著一根長蠟燭，其中一根火已熄滅，長度還剩一半；另一根火焰仍在搖曳，燒到只剩幾公分。祭壇上放置著青銅製的酒杯與扁平器皿。杯裡裝滿酒，器皿裝滿水。祭壇後方，擺設著一尊水晶打造的龍像。

瑪荷洛把阿爾比昂放到地上，牠嗅了嗅周遭的氣味。

「咦！太神奇了。這裡是哪裡？剛剛我們分明還在外面啊。」奧斯卡開心地拍手道，並且自顧自地四處亂逛。

神殿內非常安靜，沒有一丁點聲響，也聽不到活物的聲音。瑪荷洛莫名覺得懷念，頓時感到迷惘——這份寧靜，他是有印象的。

「這個地方就是水晶宮，不過好奇怪啊……這裡沒半個人嗎？上次來時，祭司就站在這裡等待來訪者呀。」校長疑惑地環視神殿內部，而後偷偷察看諾亞。諾亞似乎同樣是在這裡見到祭司的，他皺著秀麗的眉毛。

「他應該知道我們會來呀……」見神殿內空無一人，校長心生疑問，並煩惱著接下來該怎麼辦才好。諾亞的表情看起來也有些不安。只有奧斯卡興奮得手舞足蹈，兀自往裡面走去。

「奧斯卡，不要亂跑。」奧斯卡不聽校長的制止，轉身對她吐舌頭。

見他越走越遠，瑪荷洛、諾亞、校長與阿爾比昂只好追上去。不知地板是否同為水晶材質，走在晶亮的透明地面上感覺很不踏實。他們埋頭走在兩排粗柱之間的漫長通道上，一路上沒遇到半個人。

「為什麼一個人都沒有呢？祭司去哪兒了？」校長的臉色不太好看。

「上一次我沒來到這麼裡面……」諾亞一副神經兮兮的樣子觀察周圍。

授予賦禮的儀式似乎只在剛才的祭壇前面進行，他是第一次來到這裡。

「不好意思！有人在嗎！」校長大聲詢問。

兩排柱子之間的走廊十分綿長。就在瑪荷洛不安地想著「究竟何時才能看到盡頭」時，他發現有人倒在柱子的後面。

「校長，那是……」

最先發現異狀的瑪荷洛戳了戳校長的手肘，諾亞見狀霎時臉色鐵青，衝了過去。奧斯卡與校長同樣立刻趕過去。瑪荷洛也慌慌忙忙追上他們。

一名身穿白色貫頭衣的男子，仰倒在冰冷的水晶地板上。脖子給劃出一道大口子，噴出來的血全乾了。一眼就能看出他已經死了。多半在幾天前，他就已經……

「如果我沒記錯，他應該就是祭司吧？諾亞，你覺得呢？」

校長以確認的口吻詢問，諾亞屏著氣低聲說：「是祭司。」

阿爾比昂將鼻子抵在祭司的遺體上。

「怎麼會這樣。祭司竟然被殺死了。」校長臉色鐵青，蹲下來探頭觀察祭司的臉。

瑪荷洛同樣蹲下察看，赫然發現一件事：被稱為祭司的男子有著一頭白髮與雪白的皮膚。就跟自己一樣——這個人果然也是光魔法一族。

他是瞪著眼睛斷氣的吧。即便此刻的他早已死亡，那雙眼睛仍睜得老大，彷彿看到了什麼恐怖的東西。看著那張臉，瑪荷洛漸漸心慌了起來。自己好像認識這個人。他莫名覺得懷念，內心一陣騷亂。

（導……師……）

瑪荷洛不明白浮現在腦海裡的詞彙是什麼意思，他心亂如麻，從遺體旁邊往後退了幾步。

「不會吧，那我的賦禮怎麼辦？」奧斯卡受到不小的打擊，一副急赤白臉的模樣推了推祭司的遺體。擱在遺體上的白花因而掉落。仔細一看，祭司遺體的周圍供著白花。有人在這裡擺花——

「沒錯，就是他，給了我賦禮的男人……」諾亞仔細觀察祭司，大大地打了個哆嗦。

「我不認為他是自己割斷脖子的。有人在我們抵達之前殺害了祭司吧。傷腦筋啊，我對這座神殿不熟。不知道前面有什麼，也不曉得這裡是不是還有祭司以外的人。諾亞、瑪荷洛，你們有什麼頭緒嗎？」

校長離開祭司身邊，不知該如何面對這意料之外的情況，抱頭苦惱不已。

「我也是第一次來到這個地方。因為祭司不准外人進到裡面。」諾亞面露怔忡的神情低聲答道。

「本來想向祭司打聽齊格飛的事，怎麼會變成這樣。下毒手的人是齊格飛嗎？為什麼要殺害祭司？難道是不想讓其他人得到賦禮嗎……？」校長扶著下巴，陷入沉思。瑪荷洛忽然抬起頭。因為他看到稍遠的柱子後面，有道小小的人影正窺視著這邊。

「妳……」瑪荷洛一出聲，嬌小的身子便嚇得一顫。不過，對方看到瑪荷洛後，發現他是同族的人吧。因為她跟瑪荷洛一樣，都有著白髮與白皮膚。

一名大約七、八歲的少女，慢吞吞地從柱子後面走出來。及腰的白髮隨著她的動作搖擺著。

「妳是光魔法一族的人嗎？我們不是可疑人物。」校長鎮定地接近少女。

少女一時間露出不知該不該逃跑的猶豫模樣，不過大概是校長看起來像個溫柔的老奶奶吧，最後她留在原地。瑪荷洛也緩慢接近少女，以免驚嚇到她。

「我叫戴安娜，為了見祭司而從外面來到這裡。」校長跪在少女身前，慢條斯理地自我介紹。少女的手裡握著白花。看來在祭司遺體周圍擺花的人就是這名少女。此時瑪荷洛才發現，那是幾可亂真的人造花。

「妳知道祭司出了什麼事嗎？為什麼祭司會……死去呢？」校長制止打算走過來的諾亞與奧斯卡，要他們留在原地，然後這般詢問少女。

「祭司大人……，祭司大人他……」或許是再度體認到祭司已死的事實吧，少女哭了起來，淚珠撲簌簌地落下。校長耐心等待少女止住淚水。

「那個男人來找祭司大人……是之前也來過的男人，紅髮的闇之民……」少女抹掉眼淚，斷斷續續地開口說明。

闇魔法一族——瑪荷洛頓時渾身僵硬。齊格飛果真來過這裡。

「那個人就像這樣……把祭司大人的喉嚨給……」少女擺出拿刀割脖子的動作。校長垂下目光，神情看起來很懊悔。

「祭司大人倒下後就再也不會動了。我想趕到他的身邊，但其他人說不能被那個男人發現。所以，我只好躲在裡面。」

「裡面還有其他人對吧？這是幾天前的事？」校長吐出顫抖的氣息，如此問道。

「這是十天前的事了。啊，你們是外面的人吧？能不能幫我們把祭司大人的遺體搬到外面呢？因為接觸到不淨之物，我們的壽命就會縮短。雖然已把時間停止了，但也快撐不下去了。繼續放在這裡，遺體會腐爛的。」

見少女帶著天真無邪的表情拜託自己，瑪荷洛他們面面相覷。

不淨之物，是指人的死亡嗎？接觸到不淨之物壽命就會縮短，多麼敏感又脆弱的生命啊。此外她剛才說，已把時間停止了。這是什麼意思呢？這麼說來，祭司看上去不像是在十天前死亡的。假如是十天前，理應早就開始腐爛了才對。

「沒問題，回去時會將他的遺體一併帶走。其實我們來這兒是想向祭司打聽一些事的……這裡有沒有其他能夠交談的大人呢？」校長起身問道。

「這裡沒有大人。啊，你能夠長大呢，真羨慕。我也好想變成大人喔。」見少女以純真的目光注視著自己，瑪荷洛一時不知該作何反應，什麼話也說不出來。

光魔法一族是真的很短命，就連如此年幼的少女也有這個自覺。自己曾經住在這裡嗎？雖然覺得自己好像見過這個空間，瑪荷洛卻沒有清楚的記憶。

「啊啊……千辛萬苦來到這裡，結果白跑一趟啊。」奧斯卡胡亂搔著頭髮，神情看起來很懊惱。對於祭司的死，為了獲得賦禮而跟來這裡的奧斯卡比任何人都要惋惜。反觀諾亞則是一副稍稍鬆了口氣的態度。見奧斯卡懊惱不已，少女納悶地眨了眨眼。

「他一直很想得到賦禮。」校長面帶苦笑解釋道，結果，少女笑了出來。

「什麼，原來是這種小事。我是下任祭司。想要賦禮的話，我來給吧。」

少女的眼睛突然從黑色變成金色。下一刻，少女的長髮倒豎，衣服被風吹得鼓起。在驚訝的瑪荷洛他們面前，少女的身體周圍迸出火花。瑪荷洛想伸手碰她，便發出劈劈啪啪的爆裂聲，並竄過一陣刺刺麻麻的感覺。阿爾比昂激動地吠了起來。

『我乃光之使者，持光之劍，執光之盾，司掌時間，招來死亡。宇宙萬象生生不息，輪迴流轉。萬物歸依。我乃光之民，口說光之語言，授予光之生命。』少女抬起綻放金光的雙眸望著奧斯卡，開始朗朗詠唱。嗓音低沉沙啞，不像是少女該有的聲音。一聽到這首歌，瑪荷洛立刻起雞皮疙瘩。

以前，他曾聽過這樣的詞句。

記得那是——

「太好了，我可以給你賦禮。」少女注視著奧斯卡，面露微笑。奧斯卡先是目瞪口呆，而後雙眼立刻亮了起來，對著少女張開雙手。

「我想要！想要更強大的力量！」就在奧斯卡這般吶喊的剎那，少女抬手指著奧斯卡。光線自她的指尖射出，貫穿奧斯卡的左眼。

「呀啊啊啊啊啊……！」奧斯卡摀著左眼，倒在地上。

瑪荷洛他們一陣錯愕，整個人都僵住了。阿爾比昂發出尖銳的叫聲，邊叫邊往後退。少女俯視倒在地上的奧斯卡，露出天使般的微笑。

「奧斯卡！」諾亞臉色鐵青地抱起奧斯卡的身體。

「咿！」瑪荷洛倒抽一口涼氣，挨靠著一旁的校長。

奧斯卡的左眼不斷湧出鮮血，摀住眼睛的那隻手被血染得通紅。他的左眼毀了。瑪荷洛恐懼得直發抖，當場跌坐在地。

『授予你的賦禮為「誘惑沉眠」。代價是——左眼。』少女彷彿什麼事也沒發生一般，對著奧斯卡低聲宣告。

她的聲音聽起來活像個老人。奧斯卡得到了賦禮。至於做為代價失去的東西則是——他的左眼。曾自曝對家人的愛不夠深厚的奧斯卡，被奪走的是自己的肉體。

「——啊呀，還有你。我可以再給你一個賦禮。真是罕見呢，居然能得到兩個賦禮。」突然間，少女注視著諾亞以輕快的嗓音說道。

瑪荷洛頓時有種心臟遭人直接捏住的感覺，背脊竄過一陣顫慄。她剛才是說，還能再得到一個賦禮嗎？諾亞已有一個賦禮了，難道他還能再獲得一個？

諾亞露出恐懼不已的神情，放開奧斯卡的身體，一步步往後退。

「我不想要！我已經受夠了！」諾亞以悲痛的嗓音大喊後，打算逃離現場。

少女輕飄飄地飛起來，豎著頭髮，抬手指著諾亞的背部。不可以，必須阻止她才行。瑪荷洛將手伸了出去。喉嚨很乾發不出聲音，全身寒毛直豎。諾亞是擔心自己才跟來的。因為他以為，世上沒有人能得到兩個賦禮。怎麼能讓諾亞再度感到痛苦——

「不行！」

瑪荷洛想抓住少女的背。但是，少女的身體彷彿就要爆裂一般纏繞著猛烈的火花，瑪荷洛還沒碰到她就被彈開。

『授予你的賦禮為「空間消滅」。代價是——所愛之人。』

光線自少女的指尖射出，貫穿打算逃走的諾亞背部。

——與此同時，強烈的疼痛侵襲瑪荷洛的全身。

「呃……」好像有東西堵住了喉嚨。

正當他這麼覺得，想將堵住喉嚨的東西吐出來時，大量的鮮血從嘴裡湧出，滴落而下。

「瑪荷洛！」一旁的校長發出慘叫。諾亞立即轉身，露出絕望的表情。

瑪荷洛彎著身子，不斷將血吐在地上。手腳使不上力氣，也沒辦法正常呼吸。視野逐漸變得狹窄，全身抽搐。究竟發生什麼事了？恐怖的劇痛一下子就過去了。校長與諾亞的聲音聽起來好遙遠。瑪荷洛知道有人抱起自己的身體，然而此時他的意識就快中斷了。

「可以得到賦禮的只有兩個人喔。」

耳朵分明也聽不太到了，但不知為何只有少女的愉悅話音能聽得一清二楚。

而這就是最後的記憶，接下來瑪荷洛便不省人事了。

7 導師

聽到某處傳來的歌聲，瑪荷洛緩慢睜開眼睛。他發覺自己身在無邊無際的全白空間裡。

不對，說「身在」或許並不正確。他抬起手來一看，卻發現眼前空無一物。自己的雙腳與軀幹，也全都不存在。想摸也摸不到任何東西，總之就是沒有物質的感覺。

唯有意識存在於此的狀態——後來自己怎麼樣了呢？瑪荷洛迷迷糊糊地想著。

是不是死掉了呢？

腦中依稀記得的是，諾亞那副絕望的表情。當時自己應該是吐血倒地了才對。少女給了諾亞第二個賦禮，代價是奪走他所愛之人的性命。既然那個人是自己，就表示諾亞是真心愛著自己的。

一想到這點，他的心頭便湧上些許喜悅與滿足。不過自己若是死了，諾亞會被悲傷擊潰吧。諾亞至今仍對養母的死耿耿於懷，再一次經歷所愛之人的死，對他而言該有多痛苦啊。竟然害諾亞得承受那等痛苦，自己再怎麼道歉也不夠。

諾亞學長，對不起。

一想起諾亞的事就悲從中來，心如刀割。也許自己早就喜歡上那個人了。雖然諾亞嘴巴很壞，讓人傷透腦筋，他卻毫不吝惜地將愛情灌注在自己身上。諾亞說他喜歡令自己自卑的白髮與白皮膚，這件事不知帶給自己多大的自信。得到諾亞的讚美，便會覺得自己受到了肯定。

最後竟然害諾亞那麼難過，真是對不起他。

瑪荷洛懷抱著悲傷，想像諾亞的模樣。好想再見諾亞一面；好想看到諾亞的身影。正當瑪荷洛抱著這個念頭，在無邊無際的全白空間裡移動時，某處傳來呼喚他的聲音。

『瑪荷洛……瑪荷洛……』

起初他以為是諾亞，一顆心頓時雀躍起來，但之後發現那是更加沉著的男性嗓音。

仔細觀察四周，便看到全白空間裡浮現出一道人影。身穿白色貫頭衣的男人倏地站在瑪荷洛的前面。是倒在神殿裡，死於非命的男人——被人稱為祭司的光之民。

瑪荷洛一與他四目相對，立刻就喚醒了過去的記憶。

『導師！』回過神時，瑪荷洛已喊出了這個稱呼。

啊啊，沒錯。為什麼會忘記呢？

這個人——這名祭司對瑪荷洛而言是很重要的人。

導師——既是老師，亦是一族之長。他是領導包含瑪荷洛在內全體光之民的男人。導師說的話是不容置疑的，要遵從導師的教誨。出生以後瑪荷洛就被灌輸這樣的觀念，在這樣的環境下成長。他不知道導師的真實姓名。

『瑪荷洛，你長大了呢。』導師注視著瑪荷洛，臉上沒有一絲微笑。

現在瑪荷洛就能理解他的特殊。導師是沒有感情的。所以他才能成為祭司，成為一族之長。忠實執行自古以來代代相傳的規矩，導師就是這樣的人物。

『我死掉了吧。』見到導師後，瑪荷洛如此確信。

因為他親眼目睹了導師的屍體。既然如此，這裡肯定是死者的世界。

『你正處於假死狀態。這裡是幽界，是我停留的世界。只要去了那邊，我的靈魂便能轉世，踏上另一段截然不同的新人生。不過，我還有該做的事尚未完成。留在這裡，只能干預現世。沒想到那個闇魔法一族的男人會來殺我。我應該先告訴他，即使我死了，也只是換人來執行相同的任務哪……』

導師淡淡地說明。

他所指的方向有一條光道，感受得到燦爛奪目、令心情愉快開朗的亮光。瑪荷洛也想前往那邊。那裡傳來香味，以及歡樂的音樂。好像還聽得到人們的笑聲。真虧導師有辦法停留在這個地方。為什麼他不會想要前往那裡呢？

導師說他還有該做的事尚未完成。這句話突然令瑪荷洛介意，起了疑心。因為他想起了小時候，自己隨著導師從地下神殿來到外面時的記憶。

『導師……您……』瑪荷洛在導師的面前努力擠出聲音。

沒想到，這時竟發生了不可思議的現象。瑪荷洛逐漸現出形體，而且不是恢復原本的模樣，而是化身為一頭小白鹿。瑪荷洛以小白鹿的模樣，站在導師的面前不停發抖。

『你怕我嗎？瑪荷洛，把頭抬起來。』導師俯視瑪荷洛，以平板的聲調說道。

怕他——經導師這麼一問，瑪荷洛這才察覺到自己的不安源頭。

『導師……您為什麼要將我們交給那個男人呢？』瑪荷洛鼓起勇氣抬起頭，向導師提出這個問題。

五歲那年，包括瑪荷洛在內的十一名光之民孩童，隨著導師與阿拉嘉奇前往地面上。這些孩子年紀最大的約十歲，最小的約三歲。他們在夜間走地面上的路，其他時候則走地下通道，最後走出了這座島的邊界。

初次見到的外界景色令瑪荷洛他們為之著迷。由於這具身體只要晒到太陽就活不下去，他們都以為這輩子不可能在地下神殿以外的地方生活。導師說要帶瑪荷洛他們前往島外。搭上等候他們的船後，瑪荷洛與其他孩子被安置在狹窄的船艙底層。他還記得，導師與開船的男人們之間的對話。

『絕對不能讓他們晒到太陽。之後的準備就拜託山繆·鮑德溫了。』導師這麼說，將瑪荷洛他們交給了這群男人。之後，船將他們送到某個港口，再分搭兩輛馬車前往那座研究設施。

安排瑪荷洛他們到那座設施進行人體實驗的人——正是導師。

『原來如此。就是因為想起這件事，你才會化為這個形體啊。』導師一副了然的模樣點頭道。

『我利用了山繆·鮑德溫。這一切都是為了在你們的心臟裡，埋入龍的心臟。』聽到意想不到的回答，瑪荷洛一臉迷茫。

『龍的……心臟？』瑪荷洛聽不懂導師在說什麼，複述了一遍這個詞。

『那個男人是不是說，那是賢者之石呢？』導師的表情這才放鬆下來。難道他剛剛是在笑嗎？

『那個男人在尋找三項條件，其中一項就是擁有賢者之石的光之子。得知此事的我拿龍心充作賢者之石交給他。然後慫恿他，只要將賢者之石埋入光魔法一族孩童的心臟裡，就能達成條件了。』

瑪荷洛消化不了這些資訊，只是凝視著導師那張不斷翕動的嘴巴。發現當年是導師將他們送到研究設施時，瑪荷洛原本猜想，導師是為了錢或遭受威脅才做出這種事。因為他想不到還有什麼理由會讓導師把家族裡的孩子交給別人。

然而，導師的行為並非出於這類動機。

『你一定在想，為什麼要這麼做吧。這也難怪，畢竟我沒跟你們這些孩子提過這件事。我們光魔法一族很短命，頂多只能活十七年。絕大多數的人活到十四、十五歲就會死去。不過，我們其實能靠一種特殊的辦法讓自己活得長久。那就是移植龍的心臟——』

導師對天高舉右手。隨後，一顆散發七彩光芒的石頭不知從哪兒落到了導師的手中。這顆散發耀眼光芒的石頭——是龍的心臟？

『這不是普通的龍心，而是從餵食了大量魔法石的龍身上取出的心臟。以魔法石餵養的龍，心臟會散發七彩光芒，取出來就成了特殊的魔法石。也就是所謂的增幅器——只要擁有這顆石頭，魔法的威力就會增強幾倍、幾十倍吧。』導師語帶自豪、斬釘截鐵地說。

瑪荷洛察看自己的胸口。埋在自己胸口裡的石頭，原來是從餵食了大量魔法石的龍身上取出的心臟嗎？

『我們有時會利用這種方式製造長命的光之民。我也跟你一樣，是埋入龍心並且存活下來的其中一人。由於我是被人稱為祭司的特殊光之民，有些富人會盲目聽信我提供的假消息。山繆・鮑德溫想讓神國崔尼諦捲土重來，因此在尋找擁有賢者之石的光之子。我向他提起這個主意，那男人輕易就上鉤了，只可惜你以外的孩子都死了。』

導師以一點也不覺得可惜的口吻陳述道。

『為什麼要做這種事……？最起碼也該自己動手才對，難道就沒有其他辦法了嗎？』瑪荷洛心生厭惡，忍不住責怪導師。

『我們沒有足夠的技術。雖然在女王的統治下，這個國家的醫療相當進步，但我們光之民與森人卻不希望發展技術。因為若要與這座島的神祇對話，就必須拒絕科學技術。所以我們雖然缺乏技術，卻能夠使用高階的魔法。』

無論瑪荷洛說什麼，導師都不為所動。瑪荷洛領悟到一個事實：這一連串的行為並非由導師開先例。自古以來他們就是利用這種手法，讓光魔法一族存續下去吧。

『這是不惜說謊……』

瑪荷洛莫名感到疲憊，耷拉著腦袋。

『不惜做到這種地步……也必須執行的事嗎？』

不惜害死許多孩子也要這麼做，值得嗎？

除了瑪荷洛以外，其他的孩子全都死了。雖說他們很短命，但大部分的孩子都還有十年的壽命。讓他們在地下神殿生活不是比較好嗎？

『這麼做是為了防止滅種，我不能讓光之民滅絕。一切都要歸因於闇魔法一族遭到剷除。闇魔法一族還在時，我們能夠與他們通婚增加後代。可是，如今闇魔法一族的倖存者屈指可數。單靠年幼的光之民是無法增加後代的。所以即便死了十個人，只要有一個人存活並且留下後代就行了。我能夠穿梭時光，所以早就知道你會回到這座地下神殿。瑪荷洛，你已經長大了，你必須回到地下神殿，代替我履行祭司的職責。此外，還要與闇魔法一族，或是能夠產子的光之民繁衍後代。這是你被賦予的使命。』

瑪荷洛表情扭曲，自導師的身邊退開。長著蹄的獸腳，恢復成原本的人腿。雙腳恢復原狀後，雙手也起了變化。很快的連軀幹、臉部、頭部都變回瑪荷洛原本的模樣。

自己的使命就是成為導師的代理人，以及跟種馬差不多的存在嗎？多麼荒謬可憎，令人作嘔。

『我已經死了不是嗎？沒能順利完成您賦予的使命，真是遺憾呢……』瑪荷洛感到空虛，不由得露出乾笑。

『我說過吧，你現在正處於假死狀態。不必擔心，龍心具有很強的再生能力。只要走那條路，你應該就不會死了。』導師指著與光道相反的方向。

下一刻，那裡就出現一條漆黑的隧道。隧道飄來渾濁潮溼的空氣，還聽得到陰鬱的人聲。瑪荷洛實在不想進去。隧道的洞口很小，得用爬的前進吧。

『我不想過去……』瑪荷洛擺出厭惡的態度往後退。

『要是躊躇不決，你真的會死喔。此時此刻，有人正在幫你做心臟按摩，設法讓你活過來。沒時間了。你若是死了，就白費我用盡心思將龍心埋進你體內了。去吧，瑪荷洛。你要守護光之民。』導師頓時疾言厲色，推著瑪荷洛的背要他進入隧道。裡面有股臭味。真不想進去，自己想走那條光道。既然復活之後只能過著種馬人生，不如就在這裡結束一切。

『為什麼你不要復活呢？你也一樣走這條路就對了。』瑪荷洛縮著身子拒絕進入隧道。

『可惜，我的第二壽命已經結束了。不管怎麼做我都無法返回這條路。瑪荷洛，你難道沒聽見呼喚自己的聲音嗎？』

導師試圖把瑪荷洛塞進洞穴裡。瑪荷洛心想「我什麼也沒聽見」，但側耳細聽，卻聽到了諾亞的聲音。他不斷呼喚瑪荷洛的名字，而且他的呼喚越來越大聲。那聲音聽起來撕心裂肺、悲痛欲絕。瑪荷洛聽著呼喚聲，往洞穴內踏出一步。

『這樣就對了。』導師滿意地點頭道。

瑪荷洛突然回頭看向導師。

『之前對我說……「打開那道門」的，是您嗎？』

從小瑪荷洛的身邊就會出現光漩渦，有時還會對他說：「打開那道門，打開那道門是你的使命。」

『你在說什麼？』導師納悶地反問。

瑪荷洛還以為導師就是那個光漩渦，原來不是啊。他困惑地進入隧道。既然不是導師，那團光到底是什麼呢？對瑪荷洛說「打開那道門」的聲音究竟是——？

瑪荷洛就像是受諾亞的呼喚牽引一般，在潮溼、黑暗、空氣不流通的洞穴裡爬行。腐臭與身上難以忍受的疼痛，數度令他失去幹勁。手腳傷痕累累，呼吸也不順暢。每當他覺得痛苦而不想走這條路時，便會聽到諾亞的聲音，使他興起再努力一下下的念頭繼續往前爬。

隧道的前方，終於看得到亮光。

瑪荷洛朝著那道光，一口氣爬出來。

「——瑪荷洛！」

在呼喚聲的刺激下，瑪荷洛試圖睜開眼睛。然而眼皮很沉重，只能顫抖著睜開一道縫隙。難以忍受的疼痛再度侵襲全身。探頭盯著他的諾亞與校長兩人的臉孔，躍入了瑪荷洛的視野。口中充滿了鐵味。手腳沉甸甸的，完全動不了。每次呼吸胸口就很難受，嘴巴、下巴到喉嚨這一帶都黏答答的。

「瑪荷洛，振作一點！絕對不能死！」

諾亞那張俊美的臉哭到皺成一團。

瑪荷洛搞不清楚發生了什麼事，痛苦地顫動喉嚨。這裡是哪裡呢？既然看得到藍天，是不是代表他們已經不在地下神殿了呢？那位少女和奧斯卡呢？自己好像見到了導師……

「這可不得了了！快帶他們回村裡治療吧！」阿拉嘉奇的聲音不知從哪兒傳了過來。身體輕輕浮了起來，瑪荷洛知道是諾亞抱起了自己。視野切換後，他看到校長攙扶著奧斯卡。

「他的左眼嚴重出血。村裡有醫生嗎？」

「我們村子只有祈禱師。不過，他的藥很有效。」

「為什麼這種時候沒辦法使用回復魔法啊！」

人聲交錯嘈雜，諾亞的聲音尤其激動。抱起自己的那雙手非常冰冷。他似乎微微地發著抖，而且淚如雨下，撲簌簌地落在瑪荷洛的臉頰上。

「真不該來這種鬼地方的……，你要是死了，我絕對會殺了她，破壞那座地下神殿！全都破壞掉，不放過任何東西……！」

頭上響起諾亞的怒聲。看到自己就快死了，竟讓諾亞如此崩潰嗎？真慶幸自己即使覺得痛苦還是回到了現世。就算自己會被難以忍受的疼痛與苦楚折磨，也好過把諾亞逼到發狂。

瑪荷洛想安慰諾亞，但嘴巴只發得出呻吟聲。

他全身疼痛，無法維持意識。瑪荷洛就在諾亞的懷裡，與間斷不濟的意識對抗。

瑪荷洛回到森人的村裡接受治療。不過這裡的治療，用的是湯藥與祈禱這種上個時代的療法，瑪荷洛在生死邊緣徘徊了四天。吐血倒地的他似乎傷及內臟，復原需要時間。

校長他們想把瑪荷洛送到可使用回復魔法的邊界之外，但因為他仍處於不適合移動的危險狀態，眾人只能天天向神祈禱。

等瑪荷洛的傷勢稍有好轉後，才讓他躺在手工製作的擔架上，由卡里與士兵抬著走。由於瑪荷洛不能隨便亂動，一行人只能緩慢前進。去程花了三天，回程得多花上一倍的時間。校長他們似乎很擔心，萬一再度遇到「惡食幽靈」該怎麼辦，但繼續留在這裡也不是辦法。

諾亞始終放心不下瑪荷洛。他似乎沒吃什麼東西，晚上可能也沒睡吧，臉上都出現黑眼圈了。身為傷患的瑪荷洛就算擔心也無濟於事，但他還是不忍心看到諾亞日漸憔悴。

一行人花了兩天穿越地下道來到地面上，終於回到修道院。

外頭一片漆黑，他們判斷繼續走下去不安全，於是決定今晚在此過夜。瑪荷洛裹在毛毯裡對抗疼痛。他吞不下湯藥，雙眼也空洞無神，只感覺得到諾亞一直握著他的手。過了一陣子後，耳邊傳來卡里慌張的說話聲。

「外面有個挖出來的坑，但坑裡什麼也沒有……。而且也沒發現士兵的留言。」卡里這句話似乎讓校長以及有張紅臉的菜鳥士兵陷入慌亂。

「這下糟了，搞不好他沒將遺體火葬。這項工作對他來說負擔太重了嗎？」

校長以陰鬱的語氣喃喃自語。

「如果遺體沒有火葬……？」

「遭『惡食幽靈』襲擊的士兵多半已變成不死者，攻擊搬運他的士兵吧。又或者，那名士兵也遭到『惡食幽靈』襲擊了。」

「怎麼會這樣……」

「他們或許還在附近。不死者好食人肉。一旦發現，必須打倒他才行。帶著瑪荷洛很難逃跑。麻煩你們隨身攜帶槍枝。聽好了，除非破壞腦部，否則不死者不會倒下。務必瞄準頭部開槍。」

瑪荷洛偷聽到校長與士兵們的對話。諾亞似乎對這個話題不感興趣，一直陪在瑪荷洛身邊。那名士兵變成不死者了嗎？儘管處於朦朧恍惚的狀態，瑪荷洛仍感到心痛。

天一亮，瑪荷洛再度被人抬起來。他躺在搖晃的擔架上，離開修道院，於森林裡行進。

直到周遭突然安靜下來，他才察覺到異狀。

「那、那個、是……」卡里將載著瑪荷洛的擔架放到地上，發出顫抖的尖聲。

前方似乎出現了什麼東西，卡里、士兵與校長皆把槍舉起來。瑪荷洛感到一陣惡寒，挪動沉重的腦袋，隨即聞到一股異味。那是一種宛如生肉腐敗般的嗆鼻臭味。

「是不死者。而且有兩隻！」校長厲聲道，氣氛頓時緊張起來。

草木搖動的沙沙聲逐漸接近他們。就連瑪荷洛的眼睛也看得到，遠處出現了異形之物。不死者全身的肉都潰爛了，散發著腐臭味緩慢走了過來。從身上穿戴的迷彩服與帽子來看，可以確定他們就是在地下道分開離去的兩名士兵。

「該死……！為什麼會變成這樣，布朗、馬克……」耳邊傳來卡里痛苦的話音。

那是兩位士兵的名字吧。面臨必須親自開槍打死部下的狀況，讓他感到很大的壓力。

「——讓開。」有個人擠到了流露悲壯感的卡里身前，原來是諾亞。

諾亞手無寸鐵，毫不猶豫地接近不死者。

「諾亞！」校長驚愕地叫道。諾亞抬起右手伸向前方，緊盯著不死者。

「礙事。」諾亞低聲說完這句話後，現場隨即響起巨大的爆裂聲。與此同時，肉片向四方噴散。雖然沒噴到瑪荷洛他們所在的位置，不過近前的地面上散落著鋼鐵碎片、碎布，以及看似泥巴的東西。

「什、呃、呃……」卡里與士兵當場跌坐在地，兩人皆一副嚇破膽的驚恐樣。

「諾亞！剛、剛才的力量……，那是『空間消滅』……嗎？」

校長也倒抽一口涼氣，聲音帶著顫抖。諾亞面無表情地放下右手，回頭看著跌坐在地上的卡里與士兵。原來諾亞將接近他們的兩隻不死者擊個粉碎。不死者化為肉末，弄髒了地面。

「別浪費時間停留在這裡。快點趕路吧。」諾亞以平板的聲調催促道，卡里與士兵臉色鐵青地抬起瑪荷洛的擔架。眾人全給諾亞那股驚人的力量嚇得膽裂魂飛。

「讓他得到強大的力量哪……要是與我們為敵就棘手了。」一行人再度動身，校長走在後面自言自語。只有諾亞一副若無其事的樣子，看顧著瑪荷洛。不久異味就消失了，瑪荷洛總算能稍微喘口氣，便閉上了眼睛。

他們在最初經過的那座神殿，發現士兵們留下的訊息。在神殿裡亂丟菸蒂的士兵與陪同的士兵，因為卡里他們未在預定時間內回來，再加上攜帶的糧食也吃光了，於是兩人決定先回去，並留言告知他們。

離開這座神殿後又花了三天，瑪荷洛他們才終於抵達邊界。

要不是森人分了些食物給他們，糧食早就不夠了吧。校長站在岩山前面拿出法杖，報上姓名。隨後岩山就出現一道門，瑪荷洛他們總算能夠來到外面。

「啊啊，終於能使用魔法了。」一進入位在羅恩軍官學校範圍內的森林，校長立刻伸個大懶腰，給自己施上魔法。校長臉上的皺紋消失了，縮水的手腳也拉長，恢復成年輕體態。她站在瑪荷洛所躺的擔架旁邊，用法杖畫起圖形。溫暖的光芒注入身體裡。感覺得到校長的回復魔法，正在修復體內受損的部位。諾亞也拿出法杖，一同為瑪荷洛施展回復魔法。

「傷勢真的很嚴重哪。你能活下來簡直就是奇蹟。」

校長與諾亞花了很長的時間為瑪荷洛施展回復魔法。校長的鬢邊淌著汗水，諾亞也氣喘吁吁，看得出他們相當專注地施展魔法。當魔法的效力遍及全身後，呼吸就變得輕鬆多了。全身的疼痛逐漸消退，意識也越來越清晰。

「唔！」校長皺著臉蹲了下來。

嵌在校長法杖上的魔法石全部破碎，化為光芒消失不見。因為魔法石的力量已徹底用盡了。諾亞法杖上的魔法石同樣破碎、消失。

「這已經是極限了。瑪荷洛，感覺如何？」校長喘著氣問道。

見瑪荷洛想要爬起來，諾亞立刻扶著他，迷濛多日的視野終於變得明朗開闊。手臂瘦到像根細枝。雖然疼痛消退了，但全身使不上力氣。

「我……不要緊。大概。已經不痛了。」瑪荷洛喘了一口氣，想要露出笑容。不過臉部肌肉很僵，沒辦法順利笑出來。由於一直躺著，也沒吃什麼東西，整個人搖搖晃晃的。

「瑪荷洛……太好了。」諾亞放下心來，緊緊地抱住他。

諾亞那張漂亮的臉蛋變得髒兮兮的，看得瑪荷洛很擔心。而且臉上還有黑眼圈，不只瑪荷洛，諾亞也消瘦了。

「內臟的損傷治好了。現在只是因為營養不良與體力不足才會動不了吧。回到宿舍後，你需要好好靜養一陣子。」校長微笑道，瑪荷洛隔著諾亞的肩膀對她點頭。

卡里與士兵也一副鬆了口氣的樣子露出笑容。今晚決定在邊界旁邊野營。諾亞用魔法生火，校長則摘了些長在森林裡的野草，用森人給他們的米煮雜燴粥。燉煮蔬菜的香味撲鼻而來，瑪荷洛頓時覺得肚子餓了。諾亞坐在瑪荷洛旁邊，摟著肩膀支撐他。

意識清楚之後，瑪荷洛注意到一件事。

「奧斯卡學長呢……？」隊伍裡不見奧斯卡的身影。記得奧斯卡失去了左眼，傷勢應該很嚴重才對。後來他怎麼樣了呢？

「你記得多少事情？」校長露出困窘的表情問道，瑪荷洛說他只記得奧斯卡失去了左眼，後來的事就沒印象了。

「之後，你和奧斯卡都身受重傷，諾亞張皇失措，少女也不知何時消失了，我頓時陷入絕境。要是能在那座地下神殿療傷倒也罷了，可是那裡完全沒有其他人在，我也不清楚地下神殿的構造。於是我判斷，將重傷的你們帶回森人的村子，獲救的機率會比較高。我們最初不是出現在有祭壇的房間嗎？那裡可以回到原本的地方。總之，我和諾亞把你們帶回森人的村子接受治療。奧斯卡的左眼過了一會兒就止血了，但他實在痛得受不了。在那裡不能使用魔法，也沒辦法進一步治療，所以奧斯卡便說他要先回去。」

難道奧斯卡獨自走那條路回去嗎？

「我們勸阻過奧斯卡，但他聽不進去。當時，奧斯卡發動了他的獨立魔法，待在他附近的人紛紛睡著。他用左眼換來的獨立魔法『誘惑沉眠』——是能讓所有生物陷入睡眠的魔法。奧斯卡的獨立魔法不只能用在人身上，對鳥獸也有效。只要有那項能力，無論遇到什麼東西應該都不成問題吧，所以我才准他一個人回去。奧斯卡應該已回到軍官學校才對。這條邊界進去需要事先辦理手續，但離開只要觸碰這面岩石，報上姓名即可通過。進去很難，出來卻很容易，這裡就是這樣的地方。」校長指著邊界的岩山說明。

得知奧斯卡的狀況後，瑪荷洛有點擔心他。只剩一隻眼睛，生活會很不方便吧。要是不習慣，說不定就連走路都會很吃力。

「請問……導、呃，祭司的遺體呢？」瑪荷洛想起地下神殿裡的遺體，囁囁嚅嚅地問道。不知怎的，瑪荷洛現在並不想說出稱呼他為導師時的那段過去。要是吐露自己在幽界遇見他的經歷，就得提起不想說的事了。

「祭司的遺體已經交給森人了，他們說會厚葬祭司。」校長瞇起眼睛露出微笑。

「話說回來……阿爾比昂呢？」瑪荷洛發覺平常總是黏著他的白色吉娃娃不見了，一顆心頓時七上八下。他記得阿爾比昂也跟著進了水晶宮。後來因為意識模糊，他沒有多餘的心力顧及阿爾比昂的事。

「使魔在你吐血時消失了。」校長一副難以啟齒的樣子答道。

瑪荷洛聽了之後心臟漏跳一拍，緊張到胃縮成一團。當時自己陷入假死狀態，難不成使魔也死了嗎——？

「只要身為主人的你還活著，使魔就不會死。即便使魔在戰鬥中喪命，只要主人再次將牠叫出來就會復活。因為你現在體力不足，等你康復後再試著叫牠出來。」

瑪荷洛總算放下心來。一時間他還以為阿爾比昂隨著自己死去，急得心慌意亂。

「明天就能回到軍官學校了。你就好好休養，康復之後再去探望奧斯卡吧。」

校長將雜燴粥盛入盤裡，遞給瑪荷洛。瑪荷洛把冒著熱氣的雜燴粥含入口中，忍不住感動得暗讚：多麼美味啊。大概是好幾天沒進食的緣故，轉眼間他就將盤子掃空了。雖然還想再來一盤，但聽人家說突然吃太多對胃不好，他只好忍耐。諾亞則注視著用餐中的瑪荷洛，眼神流露著憐愛。

他始終陪在瑪荷洛身邊，寸步不離。彷彿一不留神，瑪荷洛就會死掉似的。

「諾亞學長也快吃吧。」瑪荷洛這般提醒手停頓下來的諾亞，他才像是回過神一般將湯匙送進嘴裡。

瑪荷洛瘦成了皮包骨，而諾亞也消瘦許多。一問之下才得知，自從瑪荷洛倒下後，諾亞就幾乎沒有進食過。他讓這個人操了許多心。就連意識模糊期間，他也數次目睹諾亞差點崩潰的情景。瑪荷洛從沒見過諾亞哭成那個樣子。他還以為這男人是個不會哭的人。

「我用魔法布下結界了。這樣一來，野獸就不會靠近這一帶。今晚所有人都可以睡個好覺囉。」校長將備用的魔法石嵌到法杖上，然後在野營地的周圍布下結界。接著喚來火之精靈幫忙顧火，並催促卡里與士兵都去睡覺。

校長、卡里與士兵各自拖著精疲力盡的身體躺進睡袋裡。此時瑪荷洛才注意到，卡里與士兵都像是懼怕諾亞一般與他保持距離。這是因為他們目睹了將不死者化為肉末的獨立魔法吧。

瑪荷洛想跟諾亞說話，於是與他並肩坐在離其他人稍遠的地方，仰望夜空。諾亞拿溼布替瑪荷洛擦掉臉上的髒汙，而後不知怎地，他神情悲傷地垂下目光。

「諾亞學長……」瑪荷洛拿走溼布，替諾亞擦拭髒兮兮的臉與手。儘管身子仍舊疲軟，經過回復魔法的治療後，活動起來已不再那麼吃力。

「我不該跟來的。都是因為我跟來，差點就害死你了。」諾亞低著頭，擠出這句話。

在自己徘徊於生死邊緣之際，諾亞究竟有多自責呢？瑪荷洛的心都揪了起來，他抱緊諾亞。

「我還活著。所以諾亞學長，不要緊的。」瑪荷洛以自己的額頭抵著諾亞的額頭，輕聲說道。

諾亞一手扶著他的臉頰，如飢似渴地親吻他。不過，瑪荷洛還沒辦法承受激烈的吻，他喘不過來，渾身沒了力氣。諾亞也注意到瑪荷洛的反應，於是將手繞到他的背後，緊緊地擁著他。

「這是我有生以來頭一次哭得那麼慘。哭到我都不禁懷疑，全身的水分是不是都流光了。我已經不能沒有你了。」諾亞將臉埋在瑪荷洛的肩上，有些自嘲地輕聲嘟噥。

「諾亞學長……」以往總給人強悍印象的諾亞此刻看起來很脆弱，瑪荷洛輕柔地摩挲他的背。像這樣依偎在一塊，憐愛之情便油然而生且逐漸高漲。諾亞的愛滲透至四肢百骸，瑪荷洛也想回報他的情意。

「幸好，我還能回到現世。」在諾亞耳邊輕聲這麼說後，瑪荷洛突然感到苦悶。

──瑪荷洛，你必須回到地下神殿，代替我履行祭司的職責。此外，還要與闇魔法一族，或是能夠產子的光之民繁衍後代。這是你被賦予的使命。

腦海浮現導師在幽界所說的話。來自光魔法一族的自己為什麼能活得這麼久，以及埋在自己心臟裡的東西是什麼，這些祕密全都揭曉了。導師要求瑪荷洛繁衍後代。若從導師的角度來看，瑪荷洛與諾亞相擁不過是徒勞無益的行為。

可是，此刻他想要感受諾亞的熱情；想待在這個男人的身邊。

「我好怕你不在了。今晚我可以一直緊緊地抱著你嗎？我很不安。拜託你安定我的心吧。」諾亞抱著瑪荷洛躺在枯葉上。瑪荷洛將頭靠在諾亞的胸膛上，維持這個姿勢直到他滿意為止。諾亞的心跳隔著布料傳了過來。

非思考不可的事有好幾件。

齊格飛出現在地下神殿並殺死祭司一事、奧斯卡的獨立魔法，以及瑪荷洛從導師那裡得知的真相，到底該向眾人透露多少才好，這些問題都無法立即找到答案。

但現在他只想感受諾亞的溫暖。瑪荷洛閉上眼睛，緊貼著諾亞的身體。在星光燦燦的夜空之下，瑪荷洛枕著心愛之人的胸膛進入夢鄉。

8 風之精靈

抵達羅恩軍官學校後，瑪荷洛一行人總算與先回來的三名士兵會合了。兩名同袍的死訊，帶給他們不小的打擊。聽說那位亂丟菸蒂而身體不適的士兵，打掃完神殿後就完全康復了。卡里他們在教員宿舍前面與瑪荷洛等人道別。卡里說要向女王報告此行發生的所有事情，向校長敬禮後便帶隊離開了。

「那麼，諾亞先回宿舍吧。我知道你不想跟瑪荷洛分開，但你們倆都憔悴得不成人形了。等瑪荷洛再長點肉，我就會讓你們單獨相處。」

見諾亞不想離開這裡，校長拍了一下他的屁股將他趕回學生宿舍。

瑪荷洛回到教員宿舍，將髒兮兮的身體與頭髮洗乾淨，整個人變得清爽後，接著吃些有營養的東西。一躺在闊別多日的柔軟床鋪上，疲勞感瞬間排山倒海而來。儘管行前他就做好了心理準備，卻沒想到此行會如此折騰人。

「我去探聽外出的這段期間，學校有沒有發生什麼問題，你就先睡吧。我會派使魔在這裡護衛。」見瑪荷洛躺在床上動彈不得，校長說完這句話便離開了房間。

屋內出現約莫十隻羅威那犬，各自趴在房間角落保護瑪荷洛。之後他的記憶就突然中斷了，再次醒來時晨光已照亮房間。

校長早已起床，正在做早餐。

餐桌上準備了剛烤好的麵包與荷包蛋、新鮮的沙拉與水果，好久沒吃到這樣正式的一餐，散發甜香的紅茶擱在眼前，瑪荷洛與校長一起吃早餐。多虧校長與諾亞為他施展回復魔法，他的傷勢已完全康復了。雖然手腳依然使不上力氣，相信體力一定也會馬上恢復吧。

「感謝上天讓你平安無事回來。奧斯卡也復原了。不過失去左眼一事，好像造成不小的騷動就是了。奧斯卡說喬治替他施展回復魔法治療，現在已經不痛了。只可惜，失去的那隻眼睛似乎沒有恢復原狀。」校長這般說明。

並不是任何傷勢都能靠回復魔法治癒的，失去的東西，無法靠魔法恢復原狀。不過校長不在期間，羅恩軍官學校似乎與平常無異，所以暫且能夠放心吧。而且先一步回來的奧斯卡也已復原，真是太好了。

「你暫時不必工作，先專心恢復體力吧。另外因為會給身體造成負擔，我暫時不替你施上變身的魔法。所以絕對不能離開這間宿舍喔。話說回來，你的體重是不是只剩一半啊？手腳瘦得跟火柴棒沒兩樣。」校長執起瑪荷洛的手腕，語帶心疼地說。

「明天我要去本土一趟，隔天才會回來。我得去晉見女王陛下，也必須向西奧多報告諾亞的事。據說陛下與西奧多想聽我親自說明詳情。」校長一副覺得麻煩的口氣在瑪荷洛耳邊低語。

諾亞的事，是指獨立魔法吧。諾亞原本就擁有「空間干預」這招獨立魔法，能夠壓縮或破壞無機物。這次得到的獨立魔法是「空間消滅」——恐怕他現在連有機物都能破壞了。

瑪荷洛沒來由地感到心慌。他無法確信，這次獲得的能力是否真的對諾亞有益。畢竟有了這種能力，諾亞輕易就能殺死一個人。之前諾亞就說過，情緒激動時獨立魔法會擅自發動。

「……也對。獨立魔法的事，我必須告訴西奧多才行。不，不光是西奧多，我也得向女王陛下報告。」像是看出瑪荷洛在想什麼一般，校長垂下目光。

「今後，你的存在將會變得非常重要。畢竟要穩定諾亞的身心也不能少了你哪。現在煩惱也於事無補。快點恢復體力，這是最好的解決辦法。麻煩你要讓諾亞安心。」校長輕拍一下瑪荷洛的腦袋。

「因為這個緣故，明天我會將這個房間讓給諾亞。說起那小子，今天他好像蹺掉了大部分的課。這次是特別破例喔？」見校長面帶別有深意的笑容悄聲這麼說，瑪荷洛的臉頰立即泛起兩抹紅暈。

「……我第一次見到諾亞在他人面前哭泣。」

校長睫毛微顫，伴著嘆息啜了一口紅茶。她是想起了瑪荷洛瀕死時的情景吧。

「看樣子諾亞沒有你就活不下去。這個有某種缺陷的男人，無法缺少你這塊零件吧。我是在諾亞十三歲時認識他的，這些年來不曾見過他在別人面前像那個樣子爆發情緒。真的很慶幸你康復了。只要有你在，諾亞就能保持正常。」

「校長……」

由於校長與諾亞的父親西奧多很熟，她對諾亞的態度或許就跟骨肉至親沒兩樣。瑪荷洛什麼話也說不出來，只好喝一口紅茶。其實自己是不能待在諾亞身邊的，但他說不出口。

「今天就好好靜養，閒來無事的話可以看看書。香草田我已經託其他人照料了。」校長露出頑皮的表情這麼說，瑪荷洛面帶笑容點頭應答。

「請問，我可以把阿爾比昂叫出來看看嗎？」

雖然校長叫他好好靜養，但他實在很擔心消失不見的阿爾比昂。不知道牠是否真的還在，瑪荷洛憂心忡忡地問，校長聞言微笑道。

「你試試看。」

瑪荷洛對著地板伸出手。

「使魔阿爾比昂，速速現身。」

他緊張地說完這句話後，地板旋即騰起煙霧，一隻白色吉娃娃從中跳了出來。阿爾比昂狂搖著尾巴，撲進瑪荷洛的懷裡。看來使魔是真的不會死亡。久別重逢，瑪荷洛同樣很感動。

「喚出使魔的魔法施展得很完美呢。可見你很疼愛阿爾比昂喔。」

校長一隻眼睛衝瑪荷洛眨了一下，他開心得手舞足蹈。這麼說來，控制不了魔法的自己，居然能順利叫出使魔。看樣子自己的魔法終於有點進步了，這項事實令瑪荷洛雀躍不已。

「好了好了，要全部吃完喔。」校長指著瑪荷洛盤裡剩下的餐點說道，接著收拾自己吃完的盤子。

校長似乎今天就回到工作崗位了。用完餐後，瑪荷洛看了一會兒植物圖鑑，之後跟阿爾比昂一起躺在床上。要是被人發現他的身影就麻煩了，所以不能外出。瑪荷洛抱著對明天的想像與期待，在房間裡悠閒度過一天的時光。

翌日下午，校長向留守的職員交代完指示後便出發前往本土。瑪荷洛則看看書、準備晚餐，悠然度過這天的時光。他覺得有點冷，於是到了六點左右便點燃壁爐。克里姆森島的禁入區氣溫很高，反觀羅恩軍官學校所在的地區卻沒那麼溫暖。據說本土從昨天就下起大雪，這片溫暖的土地可能也隨之受到了影響。七點過後，有人敲響了大門，瑪荷洛趕緊衝到門口。

開門一看，是諾亞，他笑容滿面地抱緊瑪荷洛，「我好想你。」反手將門關上後，諾亞吻起了瑪荷洛。他激動地吸吮瑪荷洛的脣瓣，彷彿是與闊別十年的情人重逢一般。諾亞的臉龐已徹底恢復生氣，深褐色的頭髮也變得油亮有光澤。此外，身上還有股香味。

「諾亞學……」

像是要打斷瑪荷洛的話一般，諾亞一再堵住他的嘴巴，撥弄他的頭髮。吐出的氣息十分熾熱。

瑪荷洛想要說話，但諾亞吸住他的嘴脣，品嘗他的舌頭，吻得他呼吸急促起來。每次吸吮脣瓣便會發出情色的聲響，雙腿漸漸站不住了。阿爾比昂原本在他的腳邊徘徊，後來大概是發覺自己成了電燈泡，便跑到房間角落與羅威那犬屁股貼屁股趴著睡覺。

「哈啊……哈……」

就在瑪荷洛以為諾亞終於願意放過他的脣時，諾亞緊接著將他抱起來往房間裡頭走去。諾亞很快就找到床鋪，將瑪荷洛放到床上。

「有話待會兒再說。」諾亞邊說邊壓到瑪荷洛身上。他脫掉瑪荷洛所穿的毛衣，並解開襯衫的鈕釦。

「你的味道，讓人安心。」諾亞將鼻子抵在瑪荷洛的脖頸上，從這兒一路嗅到耳垂，發出陶醉的話音。

接著他脫掉自己的斗篷，扔到床下。一身制服的諾亞俯視著瑪荷洛，猶如展示一般將衣服一件件脫掉。藏在制服底下的健壯肉體暴露出來，瑪荷洛頓時難為情地別過頭。由於之前在鬼門關前走了一遭，瑪荷洛瘦了一大圈，身材變得很難看。

「骨頭都凸出來了。」

諾亞赤裸著身子，拉著袖子脫掉瑪荷洛的襯衫，然後觸摸他的肋骨。

「對不起……」

「幹麼道歉？」諾亞用傻眼的口氣咕噥道，接著動手解瑪荷洛的腰帶。

瑪荷洛本想自己脫褲子，但最後還是給喜歡脫他衣服的諾亞全部剝光。

「你還活著。這樣就夠了。」全裸的身軀緊密貼合在一塊後，諾亞將耳朵貼在瑪荷洛的胸口上，以性感的嗓音這麼說。

強烈的憐愛之情油然而生，瑪荷洛摸了摸諾亞的頭。諾亞隨即露出讓人看得入迷的微笑，吸吮瑪荷洛的乳頭。

「嗯……」

諾亞將臉湊近平坦的胸部，以舌尖探了探乳頭。他吸吮出聲，再以舌尖彈撥，那個部位逐漸挺起。諾亞將手繞到瑪荷洛的背後，邊揉邊往下移動。那隻手在股溝上滑動，碰觸後庭。

「嗯嗯……，呼……哈啊……」

全身被剝光之後分明覺得冷，但諾亞在他身上到處點火，使得身體逐漸熱了起來。諾亞揉著他的臀瓣，指尖不斷按壓後庭。手指要進不進的，弄得瑪荷洛焦急難耐，逐漸屏住呼吸。

「呀……」乳頭遭人啃了一口，瑪荷洛忍不住發出尖聲。

經過諾亞不停地舔拭後，兩邊的乳頭皆挺立起來強調自己的存在。被唾液沾溼而泛著水光的乳頭顯得莫名情色，酥麻感自胸口逐漸蔓延全身。

「這裡變得很敏感了呢。」諾亞喜孜孜地捏著乳頭。

瑪荷洛扭了一下腰肢，滿臉通紅地瞪著諾亞。諾亞笑著爬了起來。

「我的意思是你很可愛啦。」

諾亞以甜得過火的嗓音解釋，接著探了探脫下來的制服口袋。他從口袋拿出一個小瓶子，將液體倒在手上。然後讓瑪荷洛趴著，將液體抹在後庭的入口。

「唔……」

諾亞的手指裹著黏液，鑽進了裡面。不熟悉的異物感令瑪荷洛忍不住呻吟，手肘抵著床單。諾亞繼續將小瓶子裡的液體倒在後庭的入口。

「哈啊……哈啊……」瑪荷洛扭動身子，氣息紊亂。

諾亞的手指一副熟門熟路的樣子，在裡面轉動搔刮著內壁。他曲起手指，專心磨蹭隆起的部分，磨得瑪荷洛呼吸急促而不規律。

「這裡也變敏感了。」

諾亞邊說邊抽送埋在裡面的手指。每當諾亞的手指進出後庭，便會發出咕啾咕啾的水聲。這讓瑪荷洛害羞得不得了，頭腦都發麻了。每當諾亞戳到體內的敏感點，腰部就會忍不住一顫，他非常討厭自己產生這種反應。

「啊……！啊……！呼、哈……！」

瑪荷洛扭動身子，發出嬌聲。性器變硬翹起，而且溼漉漉的。諾亞都還沒碰過這裡，前列腺液卻已流淌而出。

「瑪荷洛，面向這邊。」

諾亞未抽出後庭裡的手指，直接把瑪荷洛的身體翻過來。瑪荷洛氣息紊亂，身體發燙。他躺在床單上，因為諾亞的手指動作而扭動腰肢。勃起的肉體暴露在諾亞的面前。身體瞬間就燃起慾火，渴望直接的愛撫。

見瑪荷洛想碰性器，諾亞立即阻止了他。

「咿、啊啊……！」

諾亞彎下身子，將瑪荷洛的硬挺含入口中。被溫暖的口腔包覆著，瑪荷洛頓時憋不住聲音。諾亞一面鼓搗著後庭，同時上下擺動頭部。性器受到舌頭與嘴巴的愛撫，教他怎麼有辦法忍得住。

「諾亞學長，吐出來！我就快、忍不、住了……！」

諾亞用力揉著體內的敏感點，並吞吐著性器，瑪荷洛不禁仰起身子叫道。腰部的熱度急速攀升，心臟越跳越快。他喘著氣央求諾亞停止口交，但諾亞的頭完全沒有要移開的意思。非但如此，他的動作反而變得更加激烈，瑪荷洛頓時方寸大亂。

「不行，不可以，要射、出來了……！唔……！」

雖然瑪荷洛覺得不能發洩出來，但性器與後庭同時受到愛撫，最終還是忍不住在諾亞口中噴出精液。

「咿、呀啊……！」

想停卻停止不了，瑪荷洛在諾亞的榨取下釋放精液。他喘得像是卯足全力奔跑似的，臉龐與身體都變得紅通通的。

「咿……！哈啊……！哈……！諾亞、學長……！」

瑪荷洛滿臉通紅地看向諾亞，發現他的喉嚨咕嘟地上下抖動。瑪荷洛臉都綠了，立刻爬起來發著抖開口問道。

「你、你吞下去了、嗎？」他不敢置信地凝視著，抹了抹溼潤嘴角的諾亞。

「不好喝呢。」

見諾亞一副不以為意的樣子這般評論，瑪荷洛臉上一陣青一陣紅，忍不住縮起身子。

「我、我也來、幫你。」

意識到自己讓諾亞做出不得了的行為後，瑪荷洛也豁了出去，把臉湊到諾亞的腰間。諾亞的性器早已硬得嚇人。

「別勉強。」

雖然諾亞這麼說，可是自己也想讓他快活。於是瑪荷洛抱著這個念頭，戰戰兢兢地扶著諾亞的性器。要碰觸那個部位讓他有些害怕，這是他頭一次像這樣直接觸摸。

「是……這樣嗎？」

由於不清楚該怎麼做，瑪荷洛先試著將諾亞的性器含進嘴裡。碩大的性器填滿了他的口腔。諾亞的既大且長，自己的根本無法與之比擬。瑪荷洛仰望諾亞的臉龐，舔著他的前端，不久頭上就傳來聽似舒爽的呼吸聲。

「讓一臉懵懂的你舔吸著，感覺真刺激呢。」諾亞臉上泛著紅暈，伸手撫摸瑪荷洛的臉頰。得知諾亞也覺得舒服後，瑪荷洛更加賣力地捲動舌頭，但他實在沒辦法全部含進去，所以只舔弄著前端。

「哈啊、哈啊……你覺得、怎麼樣？」

一直含在嘴裡讓瑪荷洛喘不過氣，於是他吐出來改用手愛撫。諾亞的性器雖然保持著硬度，卻沒有要達到高潮的樣子。

「嗯，很差勁。」聽到諾亞喜孜孜地這樣評價，瑪荷洛沮喪地垂下肩膀。看他一副舒爽的模樣，瑪荷洛還以為自己做得很好。

「真的很差嗎……我該怎麼做？」瑪荷洛灰心地問，諾亞聞言瞇起眼睛。

「保持第一次的生澀感就好。我能夠一直欣賞下去。你賣力的模樣很可愛。」

諾亞給予他搞錯重點的誇獎。只不過瑪荷洛更希望諾亞也能感到爽快。

「你可以舔我的繫帶嗎？」

或許是知道瑪荷洛很洩氣吧，諾亞開始引導他。瑪荷洛按照他的要求讓舌頭爬上性器，在根部到前端之間來回舔著。結果，諾亞的性器變得更硬，並且昂首挺立。

「啊……真舒服。」諾亞輕輕逸出一口氣，撫摸瑪荷洛的頭。

一開始萌生的羞恥感減輕了一點，瑪荷洛專注地舔著諾亞的性器。感覺得

到諾亞的呼吸越漸急促，脈搏越跳越快。前列腺液汩汩而出，諾亞吐了一大口氣。

「你可以含著我嗎？」諾亞以亢奮的嗓音提出要求。

瑪荷洛將他的性器含入口中。小嘴賣力吞吐著，要讓諾亞發洩出來，撫摸瑪荷洛頭髮的那隻手加重力道。

「抱歉，我忍不住了。」諾亞在瑪荷洛還含著他的狀態下，突然挺起腰桿。瑪荷洛嚇了一跳，想將性器吐出來，但諾亞不許他這麼做，以性器蹂躪他的口腔。既粗且長的巨物在口內不斷衝撞，侵犯至喉嚨深處。

「唔、嗯……！要射、了！」諾亞屏著氣，難耐地逸出這句話。下個瞬間，大量的濃稠液體噴吐在口內。瑪荷洛難受得流下眼淚。

「唔……！啊、哈……！」

瑪荷洛實在嚥不下去，只好將精液吐在床單上。黏稠的液體自嘴角流淌而下，喉嚨很不舒服。淚眼汪汪地仰望諾亞，卻發現他一臉興奮地注視著自己，瑪荷洛急促地喘著氣。

「真糟糕，跟你在一起就會激發出奇怪的慾望。」諾亞看著嘴角溼淋淋、難受地咳嗽的瑪荷洛，露出如痴如醉的神情喃喃自語。看樣子瑪荷洛吐出精液的模樣很令諾亞感到興奮。

「好、好過分，諾亞學長……」

瑪荷洛邊咳邊抱怨，諾亞隨即貪婪地親吻他。諾亞給了他一個有精液味道的深吻，並以舌頭拭去眼尾的淚珠。

「還不都是因為你太過撩人了，居然帶著懵懂無知的表情舔吸我的陽具。明明才剛發洩，現在又硬了。跟你一起做這檔事，會讓我不想放開你。」諾亞將手指探入瑪荷洛的口中，含著他的耳垂輕聲道。接著將腳插進他的雙腿之間，磨蹭他的身體。

「每個地方都好可愛，真想吃掉你。」

諾亞以牙齒拉扯瑪荷洛的乳頭，並且再度將手指插進後庭裡。他一邊搗弄著內部一邊以舌彈撥著乳頭，弄得瑪荷洛喘個不停。窗外正下著雪，不過因為有壁爐的火，再加上與諾亞纏綣纏綿，瑪荷洛的身體十分火熱。

「如果是諾亞學長……我願意。」全身受到愛撫，舒服到頭腦發昏，這句話便忍不住脫口而出。

「你說願意，是願意被我吃掉嗎？」諾亞在他的脖頸留下吻痕，笑著問道。

「對。」瑪荷洛嬌喘著點頭回答，諾亞頓時像是吃了一驚般停止動作。見諾亞近距離盯著自己，瑪荷洛便以泛紅的臉頰磨蹭他的臉龐。

「如果是諾亞學長，無論你做什麼我都願意接受。」

瑪荷洛輕輕將自己的唇貼在諾亞的薄唇上。諾亞先是睜大了雙眼，而後激動地吸吮瑪荷洛的唇瓣。張開的嘴唇交疊在一起，舌尖侵入至口內深處。彼此的唾液互相混合，都分不清是誰的了。

「好動聽的情話。」

諾亞緊緊抱住瑪荷洛，啃著他的耳垂。瑪荷洛心想，搞不好諾亞真的會咬掉自己的耳朵，但又覺得那樣也無所謂。諾亞將顫抖的氣息噴吐在瑪荷洛的耳垂上，輕柔地含弄著。

「我愛你。」諾亞顫聲告白，話音灑落在全身各處。

瑪荷洛擁著他，身體緊貼在一塊，試著藉由這個舉動來表達自己也是同樣的心情。

迷迷糊糊似睡非睡間，瑪荷洛與諾亞一直親熱到天亮。

由於兩人黏在一起太久，瑪荷洛都不禁懷疑自己是不是要融化了。直到晨光射入屋內，他們才終於被阿爾比昂的吠聲吵醒，甜甜蜜蜜地共進遲了一點的早餐。瑪荷洛做了法式鹹派，諾亞吃得津津有味。

「諾亞學長，上課時間要到了。」

瑪荷洛輕輕瞪了一眼不想與他分開的諾亞，總算趕在遲到前把諾亞送去學校。校長中午就會回來，他想在那之前把弄髒的床單與身體清洗乾淨。

「我上完課就過來。」

站在窗邊向依依不捨再三回頭的諾亞揮手道別後，瑪荷洛拿溼布擦拭身體，接著清洗床單。由於諾亞在他身上留了一堆吻痕，今天便穿黃綠色的高領毛衣。

正在烤要當成午餐跟校長一起吃的蘋果派時，房間響起了敲門聲。阿爾比昂汪汪叫著，抬起爪子撓著門板。瑪荷洛還以為是校長回來了，未經確認就直接開門。

「嗨。」

站在門外的人是奧斯卡。左眼戴著黑色眼罩，身上穿著便服並套了一件黑色大衣的他，對瑪荷洛露出一個微笑。

「奧斯卡學長。」瑪荷洛仰望奧斯卡，一時語塞。

自從在地下神殿一別後兩人就沒見過面，看他很健康的樣子，瑪荷洛鬆了一口氣。奧斯卡戴上眼罩後，氣質變得跟以前的他有些不一樣。

「你看起來很有精神，真是太好了。當時還以為你會沒命呢。我自己也痛得要死，根本沒有多餘的心力顧及其他事，所以沒能陪在你身邊，對不起喔。」奧斯卡先是將瑪荷洛從頭到腳掃視一遍，然後給了他一個輕柔的擁抱並且這麼說。

「我才覺得抱歉。奧斯卡學長……你的、左眼……」

瑪荷洛偷偷觀察奧斯卡的臉色。奧斯卡神色自若地進入屋內。

（讓他進屋應該沒關係吧？）

瑪荷洛著手準備茶水，奧斯卡說他聞到一股香味，探頭察看烤箱。

「賦禮這玩意兒，真的會奪走當事人最重要的東西呢。我確實很重視自己的眼睛。看得見精靈的眼睛——要是被奪走，我就失去人生的指引了。真的很慶幸我的右眼還在。」奧斯卡回憶在水晶宮發生的事，如此說道。

他的腳撞到了桌角，可見他還不適應只剩一隻眼睛的生活吧。

「奧斯卡學長……蘋果派就快烤好了。」

瑪荷洛將香草茶倒進茶器裡，垂下目光。他感覺到奧斯卡的內心有些頹廢。奧斯卡原本是個開朗活潑的人，今天卻顯得有些陰沉。當初或許真的不該希求賦禮吧？

「而且我那麼渴望的賦禮，居然是個讓人一言難盡的東西。我有點……不，是非常失望。本來還以為能夠擁有實戰能力呢。」奧斯卡輕輕搖了搖頭，拉開椅子坐下。

瑪荷洛將泡好的紅茶擱在靠近右眼的位置後，奧斯卡露出一個諷刺的笑容。

「好香。不過，雖然剛開始的時候心情很沮喪，後來仔細想想，我發覺自己的獨立魔法搞不好是無敵的呢。」奧斯卡以手指摩挲著眼罩周圍。

「失去的左眼隱隱作痛……瑪荷洛，站著很危險的。」奧斯卡抬起下巴這麼說，正要將茶壺放回廚房的瑪荷洛納悶地回過頭。

奧斯卡的眼睛變成了金色的。緊接著，一股花香撲鼻而來。強烈的睡意突然來襲，瑪荷洛頓時雙腿一軟。奧斯卡不知何時站在他的眼前，奪下他手裡的茶壺，放回廚房。

膝蓋以下逐漸使不上力，瑪荷洛險些摔倒在地，所幸奧斯卡抱住、支撐著他。

為什麼？

意識朦朧恍惚，瑪荷洛搞不懂現在是什麼狀況，拚了命地想要睜開眼睛。阿爾比昂炸毛狂吠，抬爪猛撓奧斯卡的腳。奧斯卡輕鬆拎著阿爾比昂的脖子，然後打開還在烤蘋果派的烤箱，將牠扔了進去。阿爾比昂的叫聲戛然而止。另外兩隻想趕過來的羅威那犬則抵擋不了睡魔，紛紛倒在地上。

「抵抗也沒用，我發動『誘惑沉眠』了。瑪荷洛，睡吧。我會在你睡著的期間完事的。」奧斯卡在耳邊柔聲低語。

瑪荷洛聽不懂這句話的意思，只能軟綿綿地靠在奧斯卡身上。他很想睡，無法維持清楚的意識，手腳也使不上力。奧斯卡對自己使用了獨立魔法「誘惑沉眠」？為什麼？為什麼？

「好輕啊。這樣背起來就輕鬆多了。」

瑪荷洛的意識越漸模糊，奧斯卡背著他步出房間。自己接下來將會如何呢？瑪荷洛趴在奧斯卡的背上搖來晃去，內心滿是恐懼。

瑪荷洛陷入舒適的睡眠之中。身體搖搖晃晃的。自己好像做了什麼夢，但內容幾乎都不記得了。有人正背著他行進。突然間，他微微睜開眼睛，發現四周昏暗不明。看起來像是在洞窟裡。瑪荷洛覺得冷而打了個寒顫，這時背著他的男人停下腳步。

「吾名奧斯卡・拉瑟福。乃亞納貝爾與愛蜜莉之孫，風魔法一族直系子弟。在此記下真名。同行者為光之民子弟——瑪荷洛。請准許我們進入。」

奧斯卡對著牆壁朗聲道。瑪荷洛拚了命地抵抗睡魔。前陣子為了進入禁入區，校長也曾站在岩壁前吟詠同樣的詞句。這裡該不會是邊界吧？瑪荷洛在奧斯卡的背上扭動身子。

（這裡……是哪裡？）

瑪荷洛努力撬開就快闔起的眼皮，轉動目光察看周圍。這裡不是之前跟校長一起來過的地方。看起來像是某個洞窟的最深處，眼前直立著一面岩壁。現場只聽得到水滴打在岩石上的聲響與奧斯卡的話音。

岩壁對奧斯卡的聲音產生反應，隨後就出現一道門。瑪荷洛發出呻吟，想從奧斯卡的背上下來。

「哎呀，你醒了？看來我還沒辦法靈活調節力量哪……」奧斯卡發覺瑪荷洛醒來了，納悶地歪著腦袋說。

雖然不知道這是什麼地方，但從奧斯卡吟詠的詞句聽來，可以確定他們還在克里姆森島。奧斯卡又打算前往森人居住的地方嗎？他到底為何要這麼做？瑪荷洛對抗著昏昏欲睡的腦袋，並且抓著奧斯卡的肩膀。

「奧斯卡學長，你為什麼……」瑪荷洛有氣無力地問道。

奧斯卡笑著穿過岩壁上的門。一通過岩壁，景色登時截然不同。

「你知道齊格飛他們是怎麼離開這座島的嗎——就是使用這個出口。」奧斯卡背著瑪荷洛這般說明，讓瑪荷洛一時間忘了睡意，目不轉睛地看著周遭的景色。

門的另一邊，是一處充盈著燦爛光輝的地方。這裡很像水晶宮，但並非人造建築，而是被發光的岩壁所圍繞的異樣空間。某處似乎有光源，天花板與牆壁散發美麗的藍光。每走一步，便有亮得晃眼的光芒反射而來。

轉動昏沉的腦袋往後看，發現那道門消失了，於是瑪荷洛又問了一次「為

什麼」。為什麼奧斯卡會曉得齊格飛的逃脫路線？瑪荷洛有種不祥的預感，內心忐忑不安。奧斯卡正打算把自己帶往什麼地方呢？

「這裡有龍的巢穴喔。」奧斯卡帶著瑪荷洛前進，得意洋洋地這麼說。

走了一會兒，便來到一處十分寬闊的地方。散發藍光的岩壁後方，看得到正在扭動的黑色生物。數頭黑色生物聚集在那裡動來動去，牠們有著巨大的黑色翅膀、長長的脖子以及炯亮的大眼睛。

「龍……」瑪荷洛倒抽一口涼氣，忍不住驚呼。

他從奧斯卡肩上看到的生物竟然是龍。數頭龍收起翅膀，擠在一塊。而且，有個人站在牠們的附近。那是一名頭戴羽毛髮飾的男子，他正在觀察每一頭龍的狀況，並且跟牠們說話。那幾頭龍不知道在吃什麼東西，發出嘎啦嘎啦的聲響。是石頭嗎……？不對——是魔法石？

「你再睡一會兒吧。」

強烈的睡意伴隨奧斯卡的話音再度侵襲而來。瑪荷洛被迫將晃動的腦袋靠在奧斯卡的肩上。不行了，實在好想睡——

為什麼？這到底是怎麼回事？無法理解的疑問在腦海裡打轉。儘管瑪荷洛在心中拚命警告自己不能睡著，但最終依舊被拉進了夢鄉。

再度醒來時，瑪荷洛躺在草蓆上。他瞬間驚醒爬起來，發現奧斯卡就坐在旁邊。他們似乎身在某處岩窟內，天花板很低，空間也很狹窄。這裡還擺著一盞提燈，為這個黑暗空間帶來微弱的亮光。奧斯卡已脫掉大衣，身上穿著黑色毛衣與長褲，坐在一旁啃著蘋果。發現瑪荷洛清醒了，便將吃到一半的蘋果遞出去。

「你醒了？要吃嗎？」聽他用毫無緊張感的口吻這麼問，瑪荷洛的表情立刻變得僵硬。

雖然搞不清楚狀況，不過對方擅自把自己帶到這種地方，讓他心中升起了危機感。瑪荷洛剛想著「必須逃走才行」，奧斯卡立即拉扯他的手臂，害他跌坐在草蓆上。

「唉唷，就算魔法用不了，要對付你也是易如反掌的事喔。我是不想把你綁起來啦，畢竟你的傷剛好，身體還很虛弱。先提醒你，我們回到禁入區了。所以，在這裡是用不了魔法的。換句話說，用不了魔法，比力氣又贏不過我的你是逃不掉的。胡亂掙扎對你沒有好處。」奧斯卡拉著瑪荷洛的手苦笑道。

啃了一半的蘋果滾落在地上，瑪荷洛皺起眉頭瞪著奧斯卡。他們越過邊界了嗎？不過，瑪荷洛沒見過這個地方。看來當時奧斯卡開啟岩壁之門的地方，是連接禁入區另一個地點的出入口。難道通往禁入區的門不止一道嗎？瑪荷洛的體力尚未恢復，再加上力氣本來就不大，他甚至沒辦法把奧斯卡推開。

「這是怎麼回事……？為什麼要讓我睡著，再帶到這種地方？」瑪荷洛語帶責備地問，奧斯卡直勾勾地回望著他。見對方打量著自己，瑪荷洛頓時產生戒心。

「你身上的精靈真的沒有消失。實在很不可思議耶……諾亞愛人的方式，跟我有什麼不同？為什麼瑪荷洛的精靈沒有消失呢？」

奧斯卡沒有回答瑪荷洛的問題，反而自顧自地說些莫名其妙的話。雖然不知道這裡是哪裡，也不曉得現在幾點了，不過可以確定的是，校長與諾亞一定很擔心失蹤的瑪荷洛。

「請你放手，我要回去了。」

瑪荷洛扯動手臂，想掙脫奧斯卡的束縛。但奧斯卡紋絲不動，反而攫住瑪荷洛的雙手，將他推倒在草蓆上。接著跨坐在瑪荷洛的腰上，俯視著他。

「欸，瑪荷洛，你也愛我吧。」

奧斯卡將那張英俊的臉龐湊了過去，瑪荷洛突然害怕起來。他跟奧斯卡無法溝通。奧斯卡打算向瑪荷洛索吻，吐出的氣息拂上他的臉龐，瑪荷洛腦中一片混亂，連忙別過頭。

「請你、別這樣，我要咬人了。」

瑪荷洛以僵硬的聲音這麼說後，奧斯卡一臉遺憾地把頭縮回去。

「你不願意跟我接吻？是因為會對不起諾亞嗎？」

見對方近距離注視著自己，瑪荷洛的頭腦越來越混亂。聽說奧斯卡是個花花公子，之前也招惹過瑪荷洛好幾次。但是，他從來不曾像這個樣子逼迫瑪荷洛。

「我聽不懂你在說什麼，我對奧斯卡學長沒有那種意思。」

瑪荷洛拚命掙扎，想掙脫對方的束縛。騎在他身上的奧斯卡重量不輕，無論他怎麼掙扎就是無法逃脫。

「我很喜歡你，對你非常感興趣。跟我成為情侶之後，你身上的精靈是不是也不會消失呢？我很想好好瞭解你這個人呢。」

奧斯卡先將瑪荷洛的雙手扣在一塊，再騰出一隻手將瑪荷洛的毛衣與襯衫一併掀起。肌膚暴露在冷空氣中，瑪荷洛忍不住打了個冷顫。他臉色發青，仰望著奧斯卡。奧斯卡觸摸他的腹部，手掌在皮膚上遊走。接著將毛衣掀至胸口，上半身暴露在奧斯卡的面前。

「好光滑喔，好像小孩子的皮膚。這是諾亞留下的吻痕？沒想到那小子在床上還挺熱情的嘛。」

奧斯卡嘖嘖讚嘆，碰觸瑪荷洛的身體。奧斯卡真的打算對自己做出踰矩的行為嗎？瑪荷洛實在不敢置信，整個人微微顫抖。

「我不會做出可怕的事啦，你別發抖。我只是想疼愛你而已。」

發覺瑪荷洛在發抖，奧斯卡隨即彎下身子。他的嘴脣碰到了乳頭——就在瑪荷洛這麼以為的瞬間，他與奧斯卡之間突然出現魔法屏障。奧斯卡吃了一驚，立刻鬆手，瑪荷洛也嚇了一跳，渾身僵直。

「剛剛那是什麼玩意兒？」奧斯卡愣怔地凝視著瑪荷洛。

之前要與諾亞結合時突然出現的魔法屏障，剛剛同樣發動了。瑪荷洛也是一頭霧水，說不出話來。光魔法一族只能與同族之人或闇魔法一族的人交合。不過，他與諾亞親熱時，魔法屏障只在他們要結合之際才會發動。所以瑪荷洛原本以為，奧斯卡推倒他後，魔法屏障應該只會在同樣的情形下出現。沒想到奧斯卡只是做出帶有性意味的接觸，魔法屏障就發動了。這是怎麼回事呢？

「那玩意兒該不會是在妨礙人親熱吧？」

奧斯卡為了驗證而緩慢靠近瑪荷洛，強行脫下他的褲子想要碰觸性器。結果就跟剛才一樣再度出現魔法屏障，奧斯卡似乎感到一陣麻痺，從瑪荷洛身上退開。

「好神奇喔，我從沒見過這種情況。是你發動的嗎？你想為諾亞守貞？」

奧斯卡按著發麻的手問道，他不僅沒生氣，兩隻眼睛反而亮了起來。瑪荷洛本想乘隙逃走，腳卻給奧斯卡絆住，當場跌倒。

「正常接觸就不會發動呢。好有趣喔……我對你越來越感興趣了。該怎麼做才能侵犯你呢？得知沒辦法碰你後，反而更讓我心癢了。」

奧斯卡把瑪荷洛拖回草蓆上，然後拿繩子捆綁瑪荷洛的手臂。雖然他剛才說自己不喜歡綁人，不過此舉是要避免瑪荷洛逃脫吧。

「奧斯卡學長……拜託你放開我。你這麼做會掀起軒然大波的，諾亞學長絕對會生氣……」雙手遭到反綁的瑪荷洛悲痛地央求。

要是得知自己遭到這種對待，諾亞一定會怒火沖天，氣到發狂吧。即便奧斯卡是朋友，諾亞肯定也不願意自己的人被他玷汙。瑪荷洛一點也不想看到那兩個人為了自己反目互毆。

「諾亞會生氣吧，沒辦法。若是知道我接下來要去的地方，他會露出什麼表情呢？真期待再度見到諾亞的那一天。一看到那小子的漂亮臉蛋扭曲猙獰，我就興奮得直發抖。其實我很想占有你，藉此挑釁諾亞，可惜目前似乎沒辦法做到。」

奧斯卡笑著撿起啃了一半的蘋果，再度塞到嘴裡。

一陣腳步聲自深處傳來，有人正往這邊走近。瑪荷洛一副怔忡的模樣抬起頭。走過來的人是那名頭戴羽毛飾品的男子。男子五官深邃，有著鷹勾鼻，身材細瘦。他看向被綁起來的瑪荷洛，有些不愉快地撇著嘴。

「他是馴龍師安傑。」見奧斯卡很隨便地介紹自己，安傑把頭別向一旁。

「準備就緒了。」低聲告知後，安傑轉身離開。

奧斯卡將蘋果核扔到一邊，拉扯綁住瑪荷洛的繩子。

「那就走吧。」奧斯卡牽著瑪荷洛身上的繩子邁開步伐。

瑪荷洛雖然試圖抵抗，但仍被強勁的力道拖走。走了一會兒，看到流瀉而入的陽光，便知道洞窟的出口已經不遠了。

「奧斯卡學長，拜託你放我回去。我不想跟你走！」瑪荷洛激動大叫，掙扎著想將綁住雙手的繩子解開。見瑪荷洛鬧脾氣不肯走，奧斯卡便將他攔腰抱起，扛在肩上。

被奧斯卡扛出洞窟後，瑪荷洛看到外面有隻龐然大物。那是一頭張著黑色翅膀的龍，全長有三公尺左右吧。近看可以發現牠有著巨大的牙齒，以及尖銳的爪子。那頭龍目光銳利地瞪著瑪荷洛，噴吐出臭氣。

「上來。」安傑沿著龍的翅膀跳上去，跨坐在長頸的根部後催促道。

奧斯卡扛著呆若木雞的瑪荷洛跳上龍背。對了，聽說軍隊裡存在著有馴龍師之稱的人物，能夠操控龍。這個名叫安傑的男人，也同樣能夠駕馭龍嗎？

「我們要去哪裡……」見那頭龍張開翅膀大力地上下拍動，瑪荷洛臉色鐵青地問道。

「去找齊格飛。」

奧斯卡從背後擁著瑪荷洛，帶著他抓抱住龍背。得到了自己害怕聽到的答案，瑪荷洛頓時感到絕望。他不願去想，奧斯卡居然與齊格飛串通一氣——

「你背叛了嗎？背叛學校，背叛諾亞學長……還背叛了家族。」

身為風魔法一族直系子弟的奧斯卡投奔齊格飛，這項行為也等於是背叛國家。他看起來一點也不像幹了這種無法無天的事。奧斯卡的態度就跟平常一樣瀟灑不羈，沒有半點悲壯感。

「背叛？哦，沒那麼誇張啦。因為齊格飛說要將這個世界恢復原狀，我覺得在那天到來之前幫個忙也無所謂。瑪荷洛，我啊，其實很討厭羅恩軍官學校。可以施展風魔法的有風魔法一族就夠了，居然想讓每個人都能施展各種魔法，實在有夠蠢。大家互相友好一起成為魔法師，到底有什麼好玩的？我才不想讓其他家族使用風魔法呢。」奧斯卡淡淡地說，頭髮隨著翅膀颳起的風飄蕩。

瑪荷洛突然有股飄浮感，原來是那頭龍浮了起來。瑪荷洛身子一晃，奧斯卡立刻牢牢抱住他。

視野變高了，可見那頭龍正在上升。馴龍師安傑對那頭龍喊著瑪荷洛聽不懂的語言。龍聽從他的指令，越飛越高。

最後那頭龍破風飛了出去。包圍克里姆森島的魔法屏障對龍沒有影響。瑪荷洛趴在龍背上，自大海上空飛掠而過。他們離克里姆森島越來越遠了。

接下來情況會如何發展呢？瑪荷洛心中滿是恐懼。

9 自動傀儡

離開克里姆森島後，強烈的睡意再度席捲而來，瑪荷洛的記憶就此中斷。

之後又過了多少時間呢？覺得自己好像睡了很久，突然醒來時，他感覺到柔風輕拂著臉頰。

「這裡、是……」瑪荷洛勉強撐起疲軟的身子，臉皺成一團。

最先映入眼簾的是，被外頭的風吹得飄搖的窗簾。風輕輕吹鼓起窗簾，外面的景色躍入眼底。窗外是一片白色沙灘與碧藍大海。瑪荷洛總算明白，這是一間臨海的房屋，自己則被人放在一張大床上躺著。寬敞的房間裡陳設著白色的床鋪與一組桌椅，還有一面竹屏風。這裡大概是二樓吧，窗外的視野有點高。

「齊格、少、爺……」

瑪荷洛注意到坐在白椅上的人物，身體頓時一僵。齊格飛坐在白椅上，喝著紅茶注視著瑪荷洛。房裡沒有其他人。瑪荷洛並未遭到捆綁，只是被人放在床上躺著而已。

「是奧斯卡學長把我帶來這裡的……？」被絕望擊垮的瑪荷洛開口問道。

體認到奧斯卡真的背叛了諾亞他們，瑪荷洛頓時對未來失去了希望。他只記得奧斯卡帶著自己騎上龍背。之後，奧斯卡就把他送回齊格飛身邊吧。

「瑪荷洛，那個時候，你為什麼要逃離我的身邊？」

齊格飛安靜地擱下茶具，交疊雙腿直盯著瑪荷洛。齊格飛有著一張看起來伶俐聰敏的俊臉，配上薄唇與紅如烈火的頭髮，此刻身上穿著黑色西裝。他的表情帶了些許慍色。

那個時候，是指之前在克里姆森島交戰時瑪荷洛逃走的事吧。對齊格飛而言，瑪荷洛的背叛與逃走都是意料之外的結果。

「……齊格少爺，我……」

瑪荷洛不敢回視齊格飛的眼睛，忍不住低下頭。打從年幼時被鮑德溫家收留以後，齊格飛一直是瑪荷洛的主人。那時他想都沒想過要違逆齊格飛。聽從主人的命令，忠實地隨侍在側——這就是瑪荷洛從前的人生。

然而，現在不同了。進入羅恩軍官學校後，瑪荷洛就改變了。而且他還遇見了諾亞，體會到被愛的喜悅。

「我無法跟隨肆意殺人的齊格飛少爺。」瑪荷洛握緊拳頭，鼓足勇氣表明自己的決心。

雖然他很怕當面反抗齊格飛，但心情是無法偽裝的。如果齊格飛打算摧毀這個國家，自己就不能支持與協助他。

聽到瑪荷洛這麼說，齊格飛的眼睛倏地瞇細。見對方以打量似的眼神死盯著自己，瑪荷洛的心臟越跳越快。他必須逃出這裡才行，但在那之前他想先瞭解齊格飛的想法。為什麼要做出那種事？面帶愉悅神情殺害他人的齊格飛，究竟是什麼人？

「……小時候我就知道，自己是闇魔法一族的人。」

齊格飛從椅子上起身，慢條斯理地接近瑪荷洛。坐在床上的瑪荷洛繃緊神經、屏氣斂息，仰頭望著齊格飛。

「信徒之一的山繆收我為養子，並告訴我生父掀起叛亂的始末。你能體會，得知自己是生來就註定要被殺死的闇魔法一族時，是怎樣的心情嗎？」

齊格飛坐到床上，將臉湊近瑪荷洛。瑪荷洛保持警戒，視線與齊格飛交錯。萬不得已時，他打算再一次逃離齊格飛身邊。就像之前他渾身發光奔逃而走那樣，假如齊格飛要強逼自己就範，他只能動用魔法了。雖然他沒辦法控制，不過破壞這個地方也沒關係的話，他就能夠使用魔法。

瑪荷洛抱著毅然的決心，回視齊格飛。

其實齊格飛的絕望與悲傷，瑪荷洛也稍微能夠體會。如果小時候得知自己是闇魔法一族的人，應該會失去活下去的動力吧。要過著躲躲藏藏的生活，還是要站出來復仇呢——而齊格飛選擇了後者。

「我所犯的錯，就是把你送進羅恩軍官學校。早知如此，我應該在更早之前——在你進入羅恩軍官學校之前就要了你才對。當時覺得你年紀還小，要奪走初夜還太早了。」

齊格飛將手貼上雪白的臉頰，瑪荷洛頓時一顫。見齊格飛目光閃動，他緊張到心臟差點從嘴裡跳出來。

「如果說我有命中註定的對象，我認為那個人就是你了。」

聽到對方以堅定的語氣告白，瑪荷洛霎時有種心臟遭到射穿一般的感受。之前他就覺得齊格飛對自己很執著，原來並不是他的錯覺。

「齊格少爺……您早就知道，我是光之民嗎？」瑪荷洛以嘶啞的嗓音問道。

「就是因為知道你是光之民，我才把你放在身邊。本來以為，就算跟你分開也不會有問題。因為我早就知道，你無法跟我以外的人結合。你只能與闇魔法一族或光魔法一族的人交合。沒想到——」齊格飛一把揪住瑪荷洛的頭髮。

瑪荷洛就這麼遭對方抓著頭髮硬摁在床上，硬生生將慘叫吞了回去，疼痛與恐懼使得他眼泛淚光。齊格飛俯視著瑪荷洛，眼神流露著殘虐。

「諾亞看上你了嗎？那個美麗的男人對你很感興趣。不過，那男人是火魔法一族。他應該沒辦法抱你吧？」齊格飛將瑪荷洛的肩膀壓在床單上，語帶輕蔑地吐出這句話。

瑪荷洛頭一次見到齊格飛情緒失控的模樣。他是在……嫉妒嗎？

「齊格少爺，請、請您別這樣……」

見齊格飛的臉龐靠近自己，瑪荷洛立刻掙扎想要逃開。但是，齊格飛使勁按住瑪荷洛，壓在他的身上，扣住他的下巴，讓他無法動彈。齊格飛將自己的唇疊在瑪荷洛的唇上，激烈地吸吮。

突然間——瑪荷洛想到，齊格飛能與自己做到最後一步。來自闇魔法一族的齊格飛，能夠與瑪荷洛結合。齊格飛能夠侵入，諾亞無法進入的體內深處。

「不、要！我不要！」

瑪荷洛渾身顫抖個不停，氣血直衝腦門。要是自己遭到齊格飛侵犯，諾亞會怎麼想？諾亞會討厭自己的。他一定會氣瘋的。說不定他再也不愛自己了——

「……！」

就在「不想被諾亞討厭」這個強烈念頭浮上腦海的當下，瑪荷洛咬了齊格飛的嘴脣。齊格飛吃了一驚似地把頭挪開，抹了抹滲血的嘴脣。瑪荷洛急喘著氣，身子微微發抖。剛才遭到齊格飛強吻，瑪荷洛狠狠地咬了他的嘴脣。

他忤逆了齊格飛。

「瑪荷洛……你竟敢這樣對我？」

紅髮豎了起來，看得出齊格飛怒火滔天，怒不可遏。他的眼睛隨即變成金色。當瑪荷洛注意到這是獨立魔法發動前的徵兆時，已經來不及了。下個瞬間，他便陷入遭到看不見的藤蔓纏繞全身的錯覺。藤蔓一下子就纏住瑪荷洛的全身，生出無數棘刺逐漸勒緊他。

「唔、咯……！」遍布全身的疼痛，令瑪荷洛心生恐懼。

——幾秒後，瑪荷洛便睜著失焦渙散的眼睛望著齊格飛。兩條手臂無力地垂下，臉上的表情消失得一乾二淨。

「……太過生氣，不小心發動魔法了。」

齊格飛舔了舔帶有鐵味的嘴角，胡亂搔了搔紅髮。他扶起倒在床上的瑪荷洛，喪失神智的瑪荷洛就像自動傀儡一般坐在那裡。

「獨立魔法還真是麻煩的玩意兒啊。它會隨著持有者的情緒擅自發動嗎？」

齊格飛語帶嫌惡地喃喃自語，接著看向瑪荷洛。

瑪荷洛沉默地坐在那裡。由於扶起來時他是面向窗戶的，此刻他睜著失焦渙散的眼睛望著大海。齊格飛注意到他的腳踝戴著銀色金屬環，便探出指尖

觸碰那只銀環。這是用來追蹤瑪荷洛所在位置的魔法器具吧。齊格飛念完咒語後，銀環瞬間冰凍，發出劈劈啪啪的龜裂聲。不久就碎成齏粉，散落在床單上。

「瑪荷洛，吻我。」齊格飛輕聲命令道，瑪荷洛隨即轉頭，毫不遲疑地親吻齊格飛的嘴唇。

「多麼索然無味的吻。罷了，現在先將就一下吧。」

齊格飛揚起嘴角，親吻宛若自動傀儡的瑪荷洛。儘管瑪荷洛沒有任何反應，齊格飛仍舊細細品味一般吸吮他的唇瓣。

後記

新舊讀者大家好，我是夜光花。

本書是血族系列的第二集，很高興順利出版了。

不再是學生的瑪荷洛，這次又回到了學校。由於故事是以克里姆森島為舞臺，接下來我會逐步揭開這座島的祕密。

本集的奧斯卡是重要人物，最後還變成我熱愛的眼罩角色了。我是個很難對與自己相近事物萌生熱情的人，最近因為戴起了眼鏡，對眼鏡角色的愛就不復以往了。反觀眼罩，不僅之前沒戴過，以後應該也沒機會戴，所以能讓我萌心大發盡情幻想。戴上眼罩後的奧斯卡散發著恰如其分的陰沉感，讓我寫得很愉快。

話說回來，制服真是個好東西呢。軍官學校的制服是黑色系，所以魔法團的制服採白色系是最理想的。華麗耀眼、充滿貴族感的制服真教人萌心蕩漾呀。

關於使魔，我是把牠們想像成類似智慧型手機的存在。收回自己體內時是在充電，而放出來時可作各種用途，不過沒電了就得回到體內才行。第一次叫喚使魔時，有養狗的人會叫出該品種的狗，沒養狗的人則會叫出符合其秉性的狗。歷代校長都是飼養羅威那犬，所以使魔也都是羅威那犬。

雖然血族系列有許多奇怪的設定，下一集如果也能得到各位的支持，我會很開心的。

感謝負責插畫的奈良千春老師，這次同樣繪製了讓人眼冒愛心的美圖。封面很美，封底的奧斯卡也帥呆了。這次正文部分又有跨頁插圖，真是太讓人感動了。尤其是地下道那幅插圖，畫面充滿了震撼感。很敬佩奈良老師每一次的畫作都如此精美。一直以來真的很謝謝您。

感謝責編繼續給我指導。下次我會努力增進戀愛方面的描寫。

感謝大家閱讀本書，期待能收到各位的感想。在經常需要絞盡腦汁的工作期間，讀者的來信是我的心靈綠洲。拜託各位囉。

那麼，衷心期盼我們能在下部作品再次相見。

夜光花官方網站　http://yakouka.blog.so-net.ne.jp/

夜光花

藍月小說系列

花嵐的血族

(原名:花嵐の血族)

作者/夜光花　　**繪圖**/奈良千春　　**譯者**/王美娟
榮譽發行人/黃鎮隆

出　版/城邦文化事業股份有限公司 尖端出版
台北市中山區民生東路2段141號10樓
電話:(02) 2500-7600
傳真:(02) 2500-2683
E-mail:7novels@mail2.spp.com.tw
發　行/英屬蓋曼群島商家庭傳媒股份有限公司城邦分公司 尖端出版
台北市中山區民生東路2段141號10樓
電話:(02) 2500-7600(代表號)
傳真:(02) 2500-1979
中彰投以北經銷/楨彥有限公司(含宜花東)
電話:(02) 8919-3369
傳真:(02) 8914-5524
雲嘉經銷/智豐圖書有限公司 嘉義公司
電話:(05) 233-3852
傳真:(05) 233-3863
客服專線:0800-028-028
南部經銷/智豐圖書有限公司 高雄公司
電話:(07) 373-0079
傳真:(07) 373-0087
一代匯集/香港九龍旺角塘尾道64號龍駒企業大廈10樓B&D室
電話:(852) 2783-8102
傳真:(852) 2582-1529
E-mail:hkcite@biznetvigator.com
新馬經銷/城邦(馬新)出版集團Cite(M)Sdn. Bhd.
E-mail:cite@cite.com.my
法律顧問/王子文律師　元禾法律事務所
台北市羅斯福路3段317號15樓

2021 年 10 月 1 版 1 刷

郵購注意事項:
1.填妥劃撥單資料:帳號:50003021戶名:英屬蓋曼群島商家庭傳媒(股)公司城邦分公司。2.通信欄內註明訂購書名與冊數。3.劃撥金額低於500元,請加附掛號郵資50元。如劃撥日起 10~14日,仍未收到書時,請洽劃撥組。劃撥專線TEL:(03)312-4212 · FAX:(03)322-4621。E-mail:marketing@spp.com.tw

國家圖書館出版品預行編目資料

花嵐的血族 / 夜光花作；王美娟譯. -- 一版. --
臺北市：城邦文化事業股份有限公司尖端出版：
英屬蓋曼群島商家庭傳媒股份有限公司城邦分公
司尖端出版發行, 2021.10
面；　公分
譯自：花嵐の血族
ISBN 978-626-316-044-6（平裝）

861.57　　110012761